名家名

MINGJIA MIN
JINGDIAN YUEDU

未来与梦想

《开学第一课》编写组　编

时代文艺出版社

图书在版编目（CIP）数据

未来与梦想 /《开学第一课》编写组编 . —2版 . —长春：时代文艺出版社，
2016.1（2023.7重印）

（开学第一课）

ISBN 978-7-5387-5058-4

Ⅰ . ①未… Ⅱ . ①开… Ⅲ . ①世界文学—作品综合集 Ⅳ . ①I11

中国版本图书馆CIP数据核字（2015）第286761号

出 品 人 陈 琛
责任编辑 余嘉莹
装帧设计 孙 利
排版制作 隋淑凤

未来与梦想

《开学第一课》编写组 编

出版发行 / 时代文艺出版社

地址 / 长春市福祉大路5788号　龙腾国际大厦A座15层　邮编 / 130118

总编办 / 0431-81629751　发行部 / 0431-81629755

官方微博 / weibo.com / tlapress　天猫旗舰店 / sdwycbsgf.tmall.com

印刷 / 北京市一鑫印务有限公司

开本 / 710mm×1000mm　1 / 16　字数 / 178千字　印张 / 12

版次 / 2016年1月第2版　印次 / 2023年7月第3次印刷　定价 / 36.00元

CONTENTS

目 录

001

童年杂忆

冰 心

童年啊！
是梦中的真，
是真中的梦，
是回忆时含泪的微笑。

——《繁星》

一九八〇年的后半年，几乎全在医院中度过，静独时居多。这时，身体休息，思想反而繁忙，回忆的潮水，一层一层地卷来，又一层一层地退去，在退去的时候，平坦而光滑的沙滩上，就留下了许多海藻和贝壳和海潮的痕迹！

这些痕迹里，最深刻而清晰的就是童年时代的往事。我觉得我的童年生活是快乐的，开朗的，首先是健康的。该得的爱，我都得到了，该爱的人，我也都爱了。我的母亲、父亲、祖父、舅舅、老师以及我周围的人都帮助我的思想、感情往正常、健康里成长。二十岁以后的我，不能说是没有经过风吹雨打，但是我比较是没有受过感情上摧残的人，我就能够禁受身外的一切。有了健康的感情，使我相信人类的前途是光明的，虽然在螺旋形上升的路上，是峰回路转的，但我们有自己的看法，自己的判断，来克制外来的侵袭。

八十年里我过着和三代人相处（虽然不是同居）的生活，感谢天，我们的健康空气，并没有被污染。我希望这爱和健康的气息，不但在我们一家中间，还在每一个家庭中延续下去。

话说远了，收回来吧。

读 书

我常想，假如我不识得字，这病中一百八十天的光阴，如何消磨得下去？

感谢我的母亲，在我四五岁的时候，在我百无聊赖的时候，把文字这把钥匙，勉强地塞在我手里。到了我七岁的时候，独游无伴的环境，迫着我带着这把钥匙，打开了书库的大门。

门内是多么使我眼花缭乱的画面啊！我一跨进这个门槛，我就出不来了！我的文字工具，并不锐利，而我所看到的书，又多半是很难攻破的。但即使我读到的对我是些不熟习的东西，而"熟能生巧"，一个字形的反复呈现，这个字的意义，也会让我猜到一半。

我记得我首先得到手的，是《三国演义》和《聊斋志异》，这里我只谈《聊斋志异》。

《聊斋志异》真是一本好书，每一段故事，多的几千字，少的只有几百字。其中的人物，是人、是鬼、是狐，都有自己独特的性格，每个"人"都从字上站起来了！看得我有时欢笑，有时流泪，母亲说我看书看得疯了。不幸的《聊斋志异》，有一次因为我在澡房里偷看，把洗澡水都凉透了，她气得把书抢过去，撕去了一角，从此后我就反复看着这残缺不完的故事，直到十几年后我自己买到一部新书时，才把故事的情节拼全了。

此后无论是什么书，我得到就翻开看。即或不是一本书，而是一张纸，哪怕是一张极小的纸，只要上面有字，我就都要看看。我记得当我八岁或九岁的时候，我要求我的老师教给我做诗。他说作诗要先学对对子，我说我要试试看。他笑着给我写了三个字，是"鸡唱晓"，我几乎不假思索地就对上个"鸟鸣春"，他大为喜悦诧异，以为我自己已经看过韩愈的《送孟东野序》。其实"以鸟鸣春，以雷鸣夏，以虫鸣秋，以风鸣冬"这四句话，我是在一张香烟画的后面看到的！

再大一点儿，我又看了两部"传奇"，如《再生缘》《天雨花》等，都是女作家写的，七字一句的有韵的故事，中间也夹些说白，书中的主要角色，又都是很有才干的女孩子。如《再生缘》中的孟丽君，《天雨花》中的左仪贞。故事都很曲折，最后还是大团圆。以后我还看一些类似的书，如《凤双飞》，看过就没有印象了。

与此同时，我还看了许多商务印书馆出版的"说部丛书"，其中就有英国名作家狄更斯的《块肉余生述》，也就是《大卫·科波菲尔》，我很喜欢这本书！译者林琴南老先生，也说他译书的时候，被原作的情文所感动，而"笑啼间作"。我记得当我反复地读这本书的时候，当可怜的大卫，从虐待他的店里出走，去投奔他的姨婆，旅途中饥寒交迫的时候，我一边流泪，一边掰我手里母亲给我当点心吃的小面包，一块一块地往嘴里塞，以证明并体会我自己是幸福的！有时被母亲看见了，就说："你这孩子真奇怪，有书看，有东西吃，你还哭！"事情过去几十年了，这一段奇怪的心理，我从来没有对人说过！

我的另一个名字

我的另一个名字是和我该爱而不能爱的人有关，这个人就是我的姑母。

我从来没有见过我的姑母，只从父亲口里听到关于她的一切。她是父亲的姐姐，父亲四岁丧母，一切全由姐姐照料。

我记得父亲说过姑母出嫁的那一天，父亲在地上打着滚哭，看来她似乎比我的父亲大得多。

姑母嫁给冯家，我在一九一一年回福州去的时候，曾跟我的父亲到三官堂冯家去看我的姑夫。姑姑生了三男二女，我的二表姐，乳名叫"阿三"的，长得非常美。坐在镜前梳头，发长委地，一张笑脸红扑扑的！父亲替她做媒，同一位姓陈的海军青年军官——也是父亲的学生——结了婚，她回娘家的时候，就来看我们。我们一大家的孩子都围着她看，舍不得走开。

冯家也是一个大家庭，我记得他们堂兄弟姐妹很多，个个都会吹弹歌唱，墙上挂的都是些箫、笙、月琴、琵琶之类。

父亲常说他们家可以成立一个民乐团！

我生下来多病。姑母很爱我的父母，因此也极爱我。据说她出了许多求神许愿的主意，比如说让我拜在吕洞宾名下，作为寄女，并在他神座前替我抽了一个名字，叫"珠瑛"，我们还买了一条牛，在吕祖庙放生——其实也就是为道士耕田！

每年在我生日那一天，还请道士到家来念经，叫作"过关"。

这"关"一直要过到我十六岁，都是在我老家福州过的，我只有在回福州那个时期才得"躬逢其盛"！一个或两个道士一早就来，在厅堂用八仙桌搭起祭坛，围上红缎"桌裙"，点蜡、烧香、念经、上供，一直闹到下午。然后立起一面纸糊的城门似的"关"，让我拉着我们这一大家的孩子，从"关门"里走过，道士口里就唱着"××关过啦""××关过啦"，我们哄笑着穿走了好几次，然后把这纸门烧了，道士也就领了酒饭钱，收拾起道具，回去了。

吕祖庙在福州城内乌石山上——福州是山的城市，城内有三座山，乌石山、越王山（屏山）、于山。一九三六年冬我到欧洲七山之城的罗马的时候，就想到福州！

吕祖庙是什么样子，我已忘得干干净净，但是乌石山上有两大块很光滑的大石头，突兀地倚立在山上，十分奇特。福州人管这两块大石头叫"桃瓣李片"，说出来就是一片桃子和一片李子倚立在一起，这两块石头给我的印象很深。

和我的这个名字（珠瑛）有联系的东西，我想起了许多，都是些迷信的事，像把我寄在吕祖名下和"过关"等等，我的父亲和母亲都不相信的，只因不忍过拂我姑母的意见，反正这一切都在老家进行，并不麻烦他们自己，也就算了，"珠瑛"这个名字，我从来没有用过，家里人也从不这样称呼我。

在我开始写短篇小说的时候，一时兴起，曾想以此为笔名，后来终竟因为不喜欢这迷信的联想，又觉得"珠瑛"这两字太女孩子气了，就没有用它。

这名字给了我八十年了，我若是不想起，提起，时至今日就没有人知道了。

父亲的"野"孩子

当我连蹦带跳地从屋外跑进来的时候，母亲总是笑骂着说："看你的脸都晒'熟'了！一个女孩子这么'野'，大了怎么办？"跟在我后面的父亲就会笑着回答："你的孩子，大了还会野吗？"这时，母亲脸上的笑，是无可奈何的笑，而父亲脸上的笑，却是得意的笑。

的确，我的"野"，是父亲一手"惯"出来的，一手训练出来的。因为我从小男装，连穿耳都没有穿过。记得我回福州的那一年，脱下男装后，我的伯母、叔母都说："四妹（我在大家庭姐妹中排行第四）该扎耳朵眼儿，戴耳环了。"父亲还是不同意，借口说："你们看她左耳垂后面，有一颗聪明痣。把这颗痣扎穿了，孩子就笨了。"我自己看不见我左耳垂后面的小黑痣，但是我至终没有扎上耳朵眼儿！

不但此也，连紧鞋父亲也不让穿，有时我穿的鞋稍为紧了一点儿，我就故意在父亲面前一瘸瘸地走，父亲就埋怨母亲说："你又给她小鞋穿了！"母亲也气了，就把剪刀和纸裁的鞋样推到父亲面前说："你会做，就给她做，将来长出一对金刚脚，我也不管！"父亲真的拿起剪刀和纸就要铰个鞋样，母亲反而笑了，把剪刀夺了过去。

那时候，除了父亲上军营或军校的办公室以外，他一下班，我一放学，他就带我出去，骑马或是打枪。海军学校有两匹马，一匹是白的老马，一匹是黄的小马，是轮流下山上市去取文件或书信的。我们总在黄昏，把这两匹马牵来，骑着在海边山上玩。父亲总让我骑那匹老实的白马，自己骑那匹调皮的小黄马，跟在后面。记得有一次，我们骑马穿过金钩寨，走在寨里的小街上时，忽然从一家门里蹒跚地走出一个刚会走路的小娃娃，他一直闯到白马的肚子底下，跟在后面的父亲，吓得赶忙跳下马来拖他。不料我座下的那匹白马却从从容容地横着走向一边，给孩子让出路来。当父亲把这孩子抱起交给他的惊惶追出的母亲时，大家都松了一口气，父亲还过来抱着白马的长脸，轻轻地拍了几下。

在我们离开烟台以前，白马死了。我们把它埋在东山脚下。我有时还在它墓上献些鲜花，反正我们花园里有的是花。

从此我们再也不骑马了。

父亲还教我打枪，但我背的是一杆鸟枪。枪弹只有绿豆那么大。母亲不让我向动物瞄准，只许我打树叶或树上的红果，可我很少能打下一片绿叶或一颗红果来！

烟台是我们的！

夏天的黄昏，父亲下了班就带我到山下海边散步，他不换便服，只把白色制服上的黑地金线的肩章取了下来，这样，免得走在路上的学生们老远看见了就向他立正行礼。

我们最后就在沙滩上面海边坐下，夕阳在我们背后慢慢地落下西山，红霞满天。对面好像海上的一抹浓云，那是芝罘岛。岛上的灯塔，已经一会儿一闪地发出强光。

有一天，父亲只管抱膝沉默地坐着，半天没有言语。我就挨过去用头顶着他的手臂，说："爹，你说这小岛上的灯塔不是很好看吗？烟台海边就是美，不是吗？"这些都是父亲平时常说的话，我想以此来引出他的谈锋。

父亲却摇头慨叹地说："中国北方海岸好看的港湾多的是，何止一个烟台？你没有去过就是了。"

我瞪着眼等他说下去。

他用手拂弄着身旁的沙子，接着说："比如威海卫、大连湾、青岛，都是很好很美的……"

我说："爹，你哪时也带我去看一看。"父亲拣起一块卵石，狠狠地向海浪上扔去，一面说，"现在我不愿意去！你知道，那些港口现在都不是我们中国人的，威海卫是英国人的，大连是日本人的，青岛是德国人的，只有，只有烟台是我们的，我们中国人自己的一个不冻港！"

我从来没有看见父亲愤激到这个样子。他似乎把我当成一个大人，一个平等的对象，在这海天辽阔、四顾无人的地方，倾吐出他心里郁积的话。

他说："为什么我们把海军学校建设在这海边偏僻的山窝里？我们是被挤到这里来的啊。这里僻静，海滩好，学生们可以练习游泳、划船、打靶，等等。将来我们要夺回威海、大连、青岛，非有强大的海军不可。现在大家争的是海上霸权啊！"

从这里他又谈到他参加过的中日甲午海战：他是在威远战舰上的枪炮副。开战的那一天，站在他身旁的战友就被敌人的炮弹打穿了腹部，把肠子都打溅在烟囱上！炮火停歇以后，父亲把在烟囱上烤焦的肠子撕下来，放进这位战友的遗体的腔子里。

"这些事，都像今天的事情一样，永远挂在我的眼前，这仇不报是不行的！我们受着外来强敌的欺凌，死的人，赔的款，割的地还少吗?

这以后，我在巡洋舰上的时候，还常常到外国去访问。英国、日本、法国、意大利……我觉得到哪里我都抬不起头来！你不到外国，不知道中国的可爱，离中国越远，就对她越亲。但是我们中国多么可怜呵，不振兴起来，就会被人家瓜分了去。可是我们现在难关多得很……"

他忽然停住了，注视着我，仿佛要在他眼里把我缩小了似的。他站起身来，拉起我说："不早了，我们回去吧！"

一般父亲带我出去，活动的时候多，像那天这么长的谈话，还是第一次！在这长长的谈话中，我记得最牢，印象最深的，就是"烟台是我们的"这一句。

许多年以后，除了威海卫之外，青岛，大连，我都去过。

英国、日本、法国、意大利……的港口，我也到过，尤其在新中国成立后，我并没有觉得抬不起头来。做一个新中国的人民是光荣的！

但是，"烟台是我们的"，这"我们"二字，除了十亿我们的人民之外，还特别包括我和我的父亲！

一九八一年四月

自然之道

[法] 迈克尔·布卢门撒尔

在加拉巴哥群岛最南端的海岛上，我和七位旅行者由一位博物学家做向导，沿着白色的沙滩行进。当时，我们正在寻找太平洋绿色海龟孵卵的巢穴。

小海龟孵出后可长至三百三十磅。它们大多在四五月份时出世，然后拼命地爬向大海，否则就会被空中的捕食者逮去做了美餐。

黄昏时，如果年幼的海龟们准备逃走，那么这时就先有一只小海龟冒出沙面来，作一番侦察，试探一下如果它的兄弟姐妹们跟着出来是否安全。

我恰好碰到了一个很大的、碗形的巢穴。一只小海龟正把它的灰脑袋伸出沙面约有半英寸。当我的伙伴们聚过来时，我们听到身后的灌木丛中发出了瑟瑟的声响。只见一只反舌鸟飞了过来。

"别作声，注意看。"当那只反舌鸟移近小海龟的脑袋时，我们那位年轻的厄瓜多尔向导提醒说，"它马上就要进攻了。"

反舌鸟一步一步地走近巢穴的开口处，开始用嘴啄那小海龟的脑袋，企图把它拖到沙滩上面来。

伙伴们一个个紧张得连呼吸声都加重了。"你们干吗无动于衷？"只听一个人喊道。

向导用手指压住自己的嘴唇，说："这是自然规律。"

"我不能坐在这儿看着这种事情发生。"一位和善的洛杉矶人提出了抗议。

"你为什么不听他的？"我替那位向导辩护道，"我们不应该干预它们。"

一位同船而来的人说："只要与人类无关，也就没什么危害。"

"既然你们不干，那就看我的吧！"她丈夫警告着说。

我们的争吵声把那只反舌鸟给惊跑了。那位向导极不情愿地把小海龟从洞中拉了出来，帮助它向大海爬去。

然而，随后所发生的一切使我们每个人都惊呆了。不单单是那只获救的小海龟急急忙忙地奔向那安全的大海，无数的幼龟——由于收到一种错误的安全信号——都从巢穴中涌了出来，涉水向那高高的潮头奔去。

我们的所作所为简直是愚蠢透了。小海龟们不仅由于错误的信号而大量地涌出洞穴，而它们这种疯狂的冲刺发生得太早了。黄昏时仍有余光，因此，它们无法躲避空中那些急不可耐的捕食者。

只见刹那间，空中就布满了惊喜万分的军舰鸟、海鹅和海鸥。一对加拉巴哥秃鹰瞪着大眼睛降落在海滩上。越来越多的反舌鸟群急切地追逐着它们那在海滩上拼命涉水爬行的"晚餐"。

"噢，上帝！"我听到身后有一个人叫道，"我们都干了些什么！"

对小海龟的屠杀正在紧张地进行着。年轻的向导为了弥补这违背自己初衷的恶果，抓起一顶垒球帽，把小海龟装到帽子中。只见他费力地走进海水里，将小海龟放掉，然后拼命地挥动手中的帽子，去驱赶那一群接着一群的军舰鸟和海鹅。

屠杀过后，空中满是刽子手们饱餐之后的庆贺声。那两只秃鹰静静地立在河滩上，希望能再逮住一只落伍的小海龟来做食物。此时所能听到的只是潮水击打加德勒海湾白色沙滩的声音。

大家垂头丧气地沿着沙滩缓缓而行。这帮过于富有人情味的人此时变得沉默寡言了。这肃静也许包含着一种沉思。

游　说

曹文轩

父亲去世之后，我每每总要想起他生前所讲的关于他自己以及关于别人的故事。这些故事是他留给我的一大笔用之不尽的财富。有些，我打算将它们扩展一下写成小说，而有些我则不打算生发它们，老老实实地将它们写成散文或介乎于散文与小说之间的一种什么东西算了。

这里说的是他任教的事——我父亲有兄弟二人。祖父考虑到家境不算好，无法让他们兄弟两人都读书，就决定搞政策倾斜：让一个读书，让一个不读书。让读书的不是我父亲，而是我大伯，但父亲要读书的欲望很强烈，常偷偷地跟着大伯学认字、学写字。祖父不能让父亲有这样的念头，就把父亲藏着的笔与砚台找来很用力地扔到河里。

但这依然未能扑灭父亲的读书欲望，祖父只好同意：每年冬季农活清闲时，让他念"寒学"。父亲总共念了三个寒学。

大约是在一九五三年，地方上要办一所小学校，找不出很有文化的人来做教师，就有人想到了父亲："曹小汉（父亲的小名）念过三个寒学。"一位叫德咸的老人，当时是"贫农头子"，早在我父亲赤身田野到处玩耍时，就很喜欢他，于是说："就让他做先生（那时不称呼老师）。"

那天，父亲正在稻地间的水塘中捉鱼，"贫农头子"德咸老人过来了说："上来，别老捉鱼了。"父亲说："我喜欢捉鱼。"

"要让你做先生。"父亲不信说："我只念三个寒学，还能做先生？那时只念《三字经》《百家姓》，不念大小多少、上下来去。""反正你识字。你明天就去做先生。由我把孩子们吆喝了去。你要知道，副区长是不快活我们办学堂的。我知道他心里的盘算。他外甥刘某人也在后边教书，只一个班，是单小。我们这儿不办学堂，孩子们就得去那儿读书，他那边就变成两个班，成了双小，刘就升了级，双小校长。""我还是捉鱼好。"德咸老人把父亲的鱼篓摘了，一旋身，将它甩出去四五丈远，掉在了稻田里。

父亲就这样做了先生。

父亲一上讲台，学生就指着他，在下面小声说："这不是在我家门前水沟里抓鱼的那个人吗？""捉鱼的曹小汉。"

"过去是捉鱼的，现在是先生！"父亲心里说，很庄严地站在讲台上。他刚打开课本念了几行字，就有一个学生站起来说："你把那个字念错了。"态度很坚定。这个学生头上有秃斑，父亲认得，并知道他父亲识字不少，只是成分不好，闲在家里，就把字一个一个地教给了他。他名叫小八子。父亲立即汗颜，觉得丢人，有误人子弟的惭愧，赶紧转过脸去擦黑板，其实黑板上一个字也没有。擦了一阵，他居然有了主意，一转身朝小八子一笑："我就是要看有谁能发觉我把字念错了，是小八子！"

他朝小八子走过去，"以后你就是班长。下面，你接着把课文念到底。"

父亲从小八子那儿学到了很多字。

父亲是个聪明人，又肯用功，隔半年，他就足以对付学生，并开始给人家写对联，写匾，写帖子什么的，还敢用排笔往墙上刷大幅标语。

地方上的人都改了口，不再叫父亲为"小汉"，而都叫他"曹先生"或"二先生"了。

于是，父亲的胸脯就挺得很直，走路爱朝天上看，并一路地吼曲子。

刘某人心里不太舒服。

当时的老师实行轮饭制，今天到学生李家吃，明日到学生张家吃。这天，是刘某人到周家吃。

周家北墙上挂着匾，是学生的祖父七十岁生日时几个侄儿送的。上写四字：寿比南山。上款：姑丈大人七十寿辰之喜。下款是几个侄儿的名字，加"敬献"字样。

是父亲写的。

刘某人进屋来，抬头看着那匾，一笑。

主人颇纳闷。

刘某人吃完中饭，又看匾，又一笑。

主人沉不住气了问："刘先生，莫不是这匾上写得有毛病？"

刘某人再一笑。

"你只管说！"

"说了，怕你们生气，还是不说吧。"

"说吧！"

刘某人说："你们矮下一辈子去啦。应当叫姑父大人，哪能称姑丈大人呢？丈，丈夫，妹丈，是同辈之称。"

姑母见了几个侄儿，就责怪："我说不给你姑父做生日，你们偏要做，做就做吧，送这么一个匾来。"

几个侄儿就一起来找我父亲，把"姑父""姑丈"之类的话说了："你真是，不会写呢，就说不会写。"

父亲心中也没底，但表面上很硬："匾我赔。但我要把话说清楚了，这匾我没有写错。"

可是，一百个人站出来，九十九个不相信我父亲——"在我家门前水沟里抓鱼的那个人"的辩解。

有些人家就不让孩子来上学了。那个副区长就把这事当笑料（他极善于嘲弄先生，有若干嘲弄先生的故事），走一处说一处，不亦乐乎。

父亲很苦恼，不去学校了，又去地里的水塘、水沟捉鱼。

德咸老人过来，叫了一声"曹先生"。

父亲说："我不是先生。"

"你是先生。"

"我不是先生。"

"我说你是先生就是先生。"

"先生还会把匾写错？"

"匾是写错了，但你还是先生。"

"那我就不是先生，除非说我没把匾写错。"

德咸老人光摇头："你没把匾写错。明天去区上开先生会。"区上开会期间，父亲就向那些当地的"学术名流"们（都是过去教私塾的穿长衫的先生）恭敬地请教，并做一副委屈状。

"刘某人欺人太甚！""狗仗人势！"……几位先生先是一阵痛骂，继而花半天工夫论"姑父"与"姑丈"，异口同声："丈与父同义。"

其中一位先生道："请我们一顿客。"

父亲将八们先生请到镇上酒馆吃了一顿。吃罢，一抹嘴，说声："走！"四人一路，共分两路，沿河的两岸（这里人家都是傍河而住），由南向北，游说而去。他们挨家挨户地走，绝不放过一家，见人就旁征博引论"父"与"丈"："父与丈，一个意思。岳父大人，不也叫岳丈大人或丈人吗？"

丈为什么就是父，父为什么又是丈，把那"父"与"丈"考证去，让那些乡民大开眼界。

八位先生，都很有名：张先生认识整整一本康熙字典，任何生字、冷字、僻字，一到他那儿，立马读出，平素最喜给人正音；黄先生过去是代人捉笔写状纸的，言辞锋利，气势逼人，凡操他的状纸打官司的，就不容易输（他只替弱小者写状纸）；周先生写得一手好颜体，此地碑文之类，十有八九出自他手……

高先生有点儿传奇色彩，说他先生的先生，差一点儿就做了皇帝的先生，只是因为左腿微跛，在皇上面前走来走去，不雅，才没聘用。

他们的话人们不能不信，于是众人皆认定："丈"与"父"属豆腐一碗，一碗豆腐。

刘某人在八位先生游说时，躲在草垛里不敢出来。

父亲又重回小学校做了先生。

刘某人找到挑糖担子的李某人说："你念过四年私塾，而且是全年的。曹小汉才念三年私塾，还是寒学。本该由你做先生，可你却挑糖担子走街串巷地寒碜。"

这天下雨——他二人知道天下雨外面不会有行人，就闯到了父亲的小学校，当着众学生的面开始羞辱父亲："一个捉鱼的，也能做先生！""字写得不错嘛，跟蚯蚓爬似的。""那字写错了，白字大先生。""瞧瞧，瞧瞧，不就穿件黑棉袄嘛！"

学生们便立即用眼睛去看父亲身上那件黑棉袄。

"请你们出去！"父亲说。

他们笑笑，各自找了个空位子坐下了说："听听你的课。"

父亲忽然发现他是有几十个学生的，对小八子们说："还不把他们二人轰出去！"

学生们立即站起，朝刘某人与李某人走过去。那时的学生上学晚，年龄偏大，都是有一身好力气的人了。二人一见，赶紧溜走。

父亲追出门，见他们远去，便转身回教室，但转念一想，又追了出来，并大声喊："有种的，站住！"把脚步声弄得很响，但并不追上。

河两岸的人都出来看，像看一场戏。

事后，那几位先生都看见他在追他二人，他二人狼狈逃窜了。

寒假过后，区里开全体先生会，文教干事宣布了先生们的调配方案（每年一次）。八位先生有的从完小调到初小，有的从双小降到单小，有的从离家近的地方调到了离家远的地方……最后宣布：新分来了几个师范生，师资不缺了，曹先生不再做先生了。

众人不服。文教干事说："这是区里决定的。"

散了会，八位先生都不回，走向坐在那儿动也不动的父亲说："散会了。"

父亲朝他们笑笑说："我还是喜欢捉鱼。"

"走。"

"上哪儿？"

"酒馆。我们八个人今天请你。"

进了酒馆，父亲心安理得地坐着不动，笑着，只看八位先生抢着出钱。最后八位先生说好：八人平摊。

他们喝着酒，都显得很快乐。

窗外，飘起初春的雨丝，细而透明，落地无声。

"以后想吃鱼，先生们说话。"父亲挨个与他们碰杯。

无话。

李先生先有了几分醉意，眯着眼睛唱起来。其他几位先生就用筷子和着他的节奏，轻轻地敲着酒杯。父亲就笑着看他们八位，觉得一个个全都很可敬。

李先生唱出了眼泪，突然不唱了。

依旧无话。

窗外春雨渐大，一切皆朦胧起来。

高先生突然一拍桌子，说："桂生（我父亲的大名）兄……"

父亲一震。他一直将他们当长辈尊待，没想到他们竟以兄相称，赶紧起身道："别，别别别，折煞我了。"

高先生固执地说："桂生兄，事情还不一定呢！"

"不一定！"众人说。

第二日，八位先生又开始了一次游说。这次游说，极有毅力与耐心。他们从村里游说到乡里，从乡里游说到区里，又从区里游说到县里。他们分散开去，又带动起一帮先生来游说。他们带着干粮，甚至露宿途中，一个个满身尘埃。他们的神情极执着。

此举，震动了十八里方圆几个月后，副区长调走了。本想换一个区，可哪个区也不要。他只好自己联系，到邻县一个粮食收购站做事去了。

刘某人从此好好做先生。

从此，父亲与八位先生结了忘年之交。

从此，父亲又做了先生。直到他去世，这地方上的人一直叫他"曹先生"或"二先生"。

——九九七年四月二十日北京大学燕北园

015

狩 猎

[德] 歌 德

浓重的秋雾直至清晨依然笼罩着侯爵府广阔的庭院，透过渐渐变得稀薄起来的雾霭，多多少少已经能够看到，全体出猎人员，或骑马，或徒步，正在乱纷纷地奔忙。近在咫尺可以发现，人们正在紧张地忙着打猎前的准备：有的在放长马镫，有的则在收紧马镫，有的在相互传递猎枪和子弹袋，有的在挪正身上的獾皮背囊。这时节，拴在皮带上的一群猎狗早已按捺不住，它们焦急地狂吠着，使劲儿往前蹿，险而把牵狗的人一起拖走。时不时会有一匹烈马，或由于烈性所驱使，或由于骑手马刺刺激的鼓舞，仰天长嘶，显得尤为骁勇剽悍，骑手本人大概也想借此显示自己呢，尽管天色还没大亮，却掩饰不住他们某种心高气傲的神情。然而大家都还得等候侯爵，他正依依不舍地与自己年轻的妻子告别，而且延宕的时间确实太久了。

他们燕尔新婚，却已经感受到情趣相投的幸福。两个人都性情好动，充满活力，一个对另一个的爱好和追求总是掬诚表示赞同。侯爵的父亲活到了这一时刻，并且利用这一时刻直言不讳地宣布：全体国民都应该同样勤勉度日，同样发挥作用，同样去创造，每个人都按照自己的方法，先收获，再享受。

这个主张到底成果如何，这几天即可见分晓，因为刚好这里正在筹集一次大集，它的规模简直可以称得上是一个博览会。昨天侯爵带领妻子骑马来到集市广场，在拥挤不堪的货物堆中穿行游逛，使她耳闻目睹了山区与平原的人们如何在这里直接用货物进行交易，他知道利用现场让她注意到他管辖之地勤勉忙碌、繁荣升平的景象。

这些日子，侯爵与他手下人谈论的话题无一例外，几乎全是迫在眉睫的事情，尤其是与财政大臣在一起时，两个人一工作起来就没完没了。他的狩猎总监倒也没有忘记行使自己的权力，以他之见，在这大好的秋日，已经一再推迟的狩猎活动再也不可能不举办，他要借此为自己和众多外来宾客安排一次少见的别开生面的庆典。

侯爵夫人不情愿地留下来，猎手们打算这次进入深山老林，想通过出其不意的出征吓一吓林海中安居乐业的居民。

分别时丈夫没有忽略向妻子提议，在他的叔叔老侯爵弗里德里希的陪同下骑马出去散散心。

"我也把霍诺里欧留给你，"他说，"作为你的御马总管和内侍，他将会料理好一切事务。"

侯爵说完走下台阶，又向一个体态健美的年轻人作了一些必要的叮嘱，然后在宾客和随从的簇拥下匆匆离去。

侯爵夫人俯视下面的庭院，朝丈夫的背影挥动手绢告别，然后她走到后面的房间，从这里可以自由自在向山中眺望，侯爵府坐落在河岸旁边的高坡上，朝前朝后都可以饱览瑰丽多姿的一流美景。侯爵夫人发现，昨天用过的望远镜仍然留在原处。昨天傍晚，她和丈夫一边聊天一边透过这神奇无比的仪器，越过树丛、越过山峦、越过林峰，遥望那座高高耸立着的昔日祖辈遗留下来的废城堡。在夕阳照耀下，古堡显得格外引人注目，晚霞的余晖映照在古堡上，明暗界限极为分明，使那如此壮观的古代建筑遗迹显得更加雄壮绮丽。现在她把镜头调近一些，于是清楚地看到，古堡城墙内品种繁多的树木已被秋霜涂得五彩斑驳，赏心悦目，引人入胜。这些参天古树历经漫长岁月，仍然无拘无束地挺立着，向上发展着。美丽的贵妇人又把望远镜向下移了移，对准一片多石的荒野，那是行猎队伍必经之路。她孜孜不舍地耐心等待着，果然没有失其所望：借助望远镜清晰的镜片和放大功能，她那双闪闪发亮的眼睛认出了侯爵和他的马厩总监。当她与其说是看到，倒不如说是臆想自己的丈夫正停下来，回头向这边张望时，她忍不住又一次朝他挥动起手绢。

随后侯爵的叔叔弗里德里希驾到，通报之后，带着绘图师走进来，绘图师腋下夹着一个大夹子。

"亲爱的侄媳，"精神矍铄的老封臣说，"这里送上古堡结构图，呈请过目。这些图之所以这样绘制，是为了从各个方面都能使人看明白，这座防卫用的高大城堡何以从古至今，历经天荒地老，任凭日晒雨淋、雪虐风摧，仍然完好无损。不过周围的城墙有的已倾倒，有的已下陷，还有的已完全坍塌，成了碎砖乱石堆在那里。目前我们已经采取一些补救措施，以使这片荒芜之地能重新开放，不需要再大兴土木、劳师动众，只要稍加修整就足以让每个游人和宾客惊叹着迷。"

说到这里，老爵爷开始一张一张地讲解图纸。他指着其中一张图纸接着说："这里有一条隧道通过壁垒，顺着隧道往上走，就到了这座城堡的正面。此外有一座巉岩迎面拔地而起，这是整座山最坚固的一个部位，巉岩上矗立着瞭望塔，是人工砌筑，然而已经没有一个人能说得清楚，山岩到哪里为止，能工巧匠的杰作又从哪一部分开始，因为瞭望塔和山岩衔接得如此巧妙，两者已浑然一体。接着，穿过瞭望塔往旁边看，是外城和内城的交界处，它们之间的回廊呈阶梯状向下伸延。不过我也说不太准，因为这座亘古的高峰四周原本有一片无边无际的茂密森林，一百五十多年以来，这里从来没有响起过斧头的砍凿声，粗大的树干参天挺立，随处可见。您不管在什么地方想靠近城墙，都有树木挡住您的去路，枝干光滑的槭树，表皮粗糙的橡树，根系发达、树身挺拔细长的云杉。我们必须绕过它们蜿蜒而上，明智地给自己寻找一条捷径才行。您尽管看吧，咱们的绘图大师把这些特点在图纸上表现得淋漓尽致，一目了然，就连城墙中间各种各样盘根错节缠绕在一起的树根树干，以及那些从缺口处探出墙外的粗壮树枝也都一一可辨！真是满目萧然，闻所未闻，这倒正巧使它成为一个人们料想不到的奇特地方。在这里，人们可以看到，早已人迹罕至的古代文化遗迹，正在与永远生气勃勃并继续影响一切的大自然，进行着一场异常严峻的抗争。"

他又呈上一张图纸，接着说："对于古堡里这个庭院您有什么看法？由于门楼倒塌，堵塞了去路，自古以来已经很久很久没有人踏入过这个庭院。我们曾试图从旁边进去，我们把那处围墙打通，炸掉拱门，重新开辟出一条既舒适又隐蔽的道路。院子内部不需要做任何清理，整个庭院坐落在一个完全是自然形成的平坦崖顶上，不过，仍然有一些生命力极强的树木寻找到机会侥幸在这里或那里扎下了根，并且生存下来，这些树木生长缓慢，但是坚韧不拔。现在它们已经把枝丫延伸到从前骑士踱来踱去的游廊里，当然啦，甚至还通过一扇扇门、窗户，伸进拱形大厅里，我们不想把它们除掉，本来嘛，它们毕竟已经成为这里的主人，就让它们这样继续下去吧。在清除掉地上一层又一层厚厚的积叶之后我们才发现，这块奇特的地方竟如此平展，像这种情况在世界上大概是独一无二的，不可能再见到。

"除刚才讲的这些，有一点还真值得特别说明一下，而且必须亲自去那里看看才好，在通往上面主塔楼的阶梯上，有一棵槭树在那里扎了根，并且长成一棵如此粗壮的大树，以致人们必须费很大的气力才能够从它旁边挤过去，然后才能登上城垛，放眼远眺。不过即使在这里，人们也能够惬意地在树荫下停歇，因为这棵树高入苍穹，遮掩住了整个城垛。

"总而言之，咱们得感谢这位精明强干的艺术家，是他以各种不同的画面令人赞叹地征服了我们，使我们好似亲临其境一般，为此他利用一年之中最美好的季节和一天之中最美好的时刻，围绕这座古堡的一景一物巡视达数个星期之久。在这个角落里，我们已经为他以及给他增派的守卫修建了一小套舒适的住房。您恐怕猜想不出，亲爱的，他在那里开辟了一个多么好的观景点，既可纵观周围的山野，又能把庭院和废墟尽收眼底。不过现在，由于一切已经在图纸上勾画得如此完美，特点突出，他在这里给我们讲解起来便轻松多了。这些图我们想用来装饰咱们的花园大厅，让所有观赏过我们布置得井然有序的花圃、凉亭和林荫道的人，都不能不渴望再亲眼见识一下那上面古老与新生交相辉映的景象，那古老的，凝固僵滞、刚劲、坚如磐石；那新生的，生气勃勃、柔韧、势不可挡，他们可以大开眼界。"

霍诺里欧走进来，禀报说，马匹已备好牵来。于是侯爵夫人转向老爵爷说："咱们骑马上山吧，您得让我实实在在见识一下您在这里，在画上给我看的一切。自从我进侯爵府以来，总听别人说起这座古城堡，只是今天我才真正渴望能亲眼见见那些让人听起来总觉得根本不可能的事情，即使看了这些图，仍然觉得难以置信。"

"现在还不成，"叔叔回答说，"您在这里看到的仍然只是可能成为的样子和将来的面貌。目前还有几项工作正处于停顿状态，想必艺术作品只有在大自然面前不感到无地自容时才是尽善尽美的。"

"如果是这样的话，至少咱们可以上山去走走，就是只到山脚也行，我很想到远一点儿的地方去游览一下。"

"就照您的意思办吧。"老侯爵说。

"要骑马穿过城区，"侯爵夫人接着说，"要经过大集市的广场，相信那里已有数不清的货棚和摊点，甚至可以构成一座小城镇和一座兵营，就好像这周围地区的人家，都想把自己的需求和活动翻腾到室外，还要汇集到城中心这个广场上进行展览不可。留意观察的人可以发现，人们提供的东西真是丰富多彩，无所不包。人们需要的东西也比比皆是，应有尽有，而且让人在瞬间会产生一种错觉，似乎钱已经成了多余的东西，似乎每笔买卖只把东西交换一下就做成了。实际上也确实如此。自从侯爵昨天给我机会游览市场后，我想想这种情况甚至很欣慰，在这山区与平原毗邻之地，两边的人多么爽直地说出他们需要什么，他们希望得到什么。山地居民多么巧妙地把他们林子的木材变成千形百态，还把铁块打成各种各样的需求品，平原地区的人也用形形色色的货物去迎合他们的口味，满足他们的心愿，人们几乎不去分辨他们拿的货物是用什么材料制作的，也不管他们有什么用处。"

"我知道，"老侯爵回答说，"我的侄子对这次大集极为重视，因为恰好在这个季节，让人们收入大于支出是很重要的，正如这次集贸活动，它既影响到一个小家庭的经济收入，也会最终影响到国家财政总收入。不过请原谅，亲爱的，我从来不喜欢骑马逛集市和交易会，想到那种地方步步受阻，寸步难行的场面，我的脑海里不由得又会浮现出那次火灾的惨状，似乎大火又在我眼前熊熊燃烧，我又看到大批的货物和商品被烧得精光，化为一片灰烬，我几乎不……"

"请您可别耽搁我们的大好时光。"侯爵夫人插嘴打断他的话。

这位德高望重的老封臣已经不止一次地给她讲述那场灾祸了，每次听了都叫她心惊胆战。情况是这样的：有一回，他去作一次长途旅行，晚上他下榻在集市区一家最好的客店，这个广场由于大集被挤得水泄不通。他早已累得疲惫不堪，倒床即睡。半夜时，一阵令人毛骨悚然的嘶喊声和熊熊大火把他惊醒，这时火舌已舔向他下榻的客房。

侯爵夫人赶紧跨上她心爱的骏马，她没有驶向通往山上的后门，而是带领那些不十分情愿却也已做好准备的随从直奔通向山下的前门；这也难怪，有谁会不愿意与她这样的美人儿并驾齐驱，又有谁会不愿意追随她的芳影呢。霍诺里欧也不例外，他甚至放弃了平时一直向往的狩猎活动，心甘情愿地留了下来，就是为能够专门来侍候她。

正如所料，在集市广场他们的马只能走走停停，缓慢地向前移动。每次停下来时，这位可爱的美人都用一些妙趣横生的话语逗大家开心。

"如果真要考验考验我的耐性，我倒正好利用此时把昨天的功课重温一遍。"

这时有一大群人朝着这一行人马争先恐后地拥来，致使他们只能慢慢地一点儿一点儿地往前挪动。众多的黎民百姓都渴望能目睹一下这位年轻夫人的风采。当他们看到侯国的第一夫人不但光彩照人，而且风姿秀逸无比，于是一张张笑脸都明显地流露出满意的欢悦。

广场上，混混杂杂挤满了各种各样的人，有居住在幽静的山岩间、云杉林和赤松林中的山民，有来自丘陵地、河滩和草场的居民，还有一切可以挤拢过来的人。侯爵夫人静静地环视周围的人群，然后对她的随行人员说，所有这些人，不论他们是从什么地方来的，他们的衣服该用多少料子呀，这完全大可不必，他们用了过多的毛料和亚麻布，还用了过多的绦子镶边，就好像不如此，女人便不能充分炫耀自己的丰满、男人也不足以显示自己的富态似的。

"咱们还是随他们便吧，"叔叔回答说，"人的钱多了，不管用在什么地方，都会觉得心情舒畅，不过，最叫人痛快的还是用华丽的服饰打扮自己。"

美丽的夫人对此话表示十分赞同。

他们就这样缓辔徐行，渐渐来到通往市郊的一处空旷的场地，货棚和摊点到此截止，映入眼帘的是另一种用木板搭成的大棚，他们一行人几乎还没来得及瞥上一眼，突然迎面传来一阵震耳欲聋的咆哮声，听上去好像是到了该给展览用的野兽喂食的时候了，狮子似乎要让人听听它在沙漠和森林中是怎样发威的，凶猛的吼叫声把马吓得浑身颤抖。人们确实不能忽视，在这个文明的世界里，沙漠之王狮子发起威风来是多么可怕。到了大棚近处，他们自然不会放过那些花花绿绿的巨幅广告画，这些图画色彩艳丽，把一只只陌生的动物画得又威武又雄壮，又有些吓人，好让这些爱好和平的国民抑制不住自己的好奇心，均想一睹为快才好。这时只见一头狂怒的老虎正扑向一个摩尔人，似乎想要撕咬他，另有一头狮子正威风凛凛地东张西望，那神态就好像在它面前没有发现值得捕捉的猎物似的，其他形形色色的奇特的野兽在这些猛兽旁边就只好是小巫见大巫、不可能得到太多的注意。

"咱们回来时，"侯爵夫人说，"索性下马再仔细瞧瞧这些难得见到的宾客。"

"真是不可思议，"老侯爵说，"人为什么总是爱把恐怖当成一种兴奋剂。在大棚里面，老虎原本是乖乖地躺在笼子里，可是一到了外面，却非得让它狂怒地扑向一个摩尔人，好叫人们相信，在棚子里面看到的就是类似的表演。世界上的谋杀和凶杀难道还不够？火灾和毁灭难道还不够？说唱艺人还要到每一个角落去反复演唱这些东西，善良的人们也心甘情愿去接受惊吓，好像只有这样才能真正体会到，自由自在地呼吸是多么美好，多么值得赞美颂扬。"

不管那些可怕的画面上令人无比恐惧的形象给他们留下多么可怕的印象，当他们一行人走出城门，来到城郊最令人心旷神怡的野外时，所有这些恐怖形象均一扫而光。他们先沿河岸走，这条河开始很窄，河水只能承载轻便的小舟，但渐渐地变成了一条最大的河流，并以此保住了自己的名字，使周围广阔的土地恢复了生机，接着他们还经过了一座座精心管理的果园和供人休憩的花园，再往高处走，他们渐渐地发现，自己已置身于一个开阔、舒适的居住区，他们一边走一边东瞧瞧西望望，直到一片灌木丛和一片小树林先后接待了他们。优雅的环境挡住了他们的视野，却使他们顿时神清气爽。再往前，一道通往山上的草原山谷友好地迎接他们，不久前刚刚割过第二茬草的草地得到源源不断涌冒出来的泉水的滋润，青草又像绿茸茸的天鹅绒一般铺满了山谷。就这样他们走出了树林，向着一个更高更空旷的观望点前进。经过一番兴高采烈的攀登，他们到达了上面，此刻，在很远的地方，在前面新出现的一片树丛上方，展现在他们眼前的，除了岩峰，树梢，还有高高耸立的古代宫殿，他们朝圣的地方。转过身子往回看——因为从来没有一个人到达这里后而不转身往回看的——透过一棵棵大树偶然形成的缝隙，在他们的左边，他们看到了侯爵府，它被朝阳照射得光彩夺目。在城区美丽的建筑物上空，淡淡的烟雾缭绕上升，再朝右边看去，可以看到城区地势较低的那部分，可以看到弯弯曲曲流过的河流，丛生的树林、草地和磨坊，正中是一片辽阔的肥田沃土。

在他们饱览这一切景物后，或者更确切地说，如同我们在登高望远时常常出现的情况那样，总希望登得更高，望得更远，于是他们又继续往上骑，来到一块宽宽的平坦的石头岩上，由此望去，古城堡就宛如一座加了绿顶的山峰，迎面而立。山脚周围环绕着一些年龄还不太长的树木。再往上走，这才发现他们已来到一座最陡峭、最难攀登的山岩一侧。这陡峭的山岩自古以来就矗立在这里，就像扎了根一样一动不动，非常坚固，并且越堆集越高。此间，也有巨石跌落下来，摔成一大块一大块的，或者碎碎的，不规则地堆在那里，好像要以此来阻止最大胆的人向它展开攻势。不过陡峭和险峻正合年轻人的心意，对付它，迅速地爬上去，征服它，对年轻的肢体来说是一种享受。侯爵夫人已跃跃欲试，霍诺里欧扶她下马，老侯爵尽管贪图舒服，却也不甘落后，愿意奉陪到底，他不想让人说他年老体衰。所有的马被牵往山脚拴在林子里。他们想爬到高处一块突出来的巨岩上去，那里因为较平坦可以供他们立足，而且可以极目远眺，尽管山下的景物看起来很小，但一幅幅奇丽的画面一个接一个尽收眼底。

太阳几乎正当头，放射出最强烈的光芒，侯爵府连同它的各个组成部分，正殿、侧翼和塔楼，看起来都极为雄伟壮丽，再看高城区部分，完全铺开在眼前，一览无余，就是地势低的那部分城区，也能毫不费力地看到里面，是的，通过望远镜甚至连集市上一个个店铺摊点也历历在目，霍诺里欧一向习惯随身携带着这个有助于观察的工具。他们把那条河流从上到下，来来回回看个够，河这边是被隔断成一块一块的梯形高地，河那边的土地肥沃、平坦、呈上升趋势，并多丘陵，还有许许多多的居住点，到底从这山上能看到多少个居住点，对于这个数字历来争论不休。

辽阔无垠的大地上空万籁无声，令人心旷神怡，正如中午惯常的情况一样。据老辈人讲，这会儿潘神正在睡觉，因此自然界中万物皆屏住了呼吸，生怕把他吵醒。①

"这已不是头一次了，"侯爵夫人说，"每当我站在这能展望四周的高山，骋目于广大的空间时，我就会想，这明朗的自然界看上去是多么纯静和谐，以至于让人产生这样一种印象，在这个世界上根本不可能存在任何令人厌恶不快的事情，可是，当人们又返回自己的居所时，不管这房子是高还是矮，也不管它是宽还是窄，总有一些事情使人与人之间斗来斗去，争吵不休，总需要不断地有人调解和疏通。"

霍诺里欧此刻正通过望远镜往城市那边看，突然他叫喊起来："看那儿！你们快往那边看！集市上起火了！"

他们都朝那边望去，只看到淡淡的一缕青烟，白天光线太强，使大火不很显眼。

"火势越来越大了！"他又喊道，并仍然举着望远镜继续观察。

侯爵夫人视力极好，这时她凭着肉眼也看清了这场灾难。人们时不时地能看到冲起一股通红的火柱，火舌四蹿，浓烟直冲云霄。侯爵的叔叔说："咱们还是回去吧，我看情况不妙，我一直提心吊胆，生怕再第二次经历这样的灾祸。"

他们一伙人下了山，朝着拴马的林子走去。侯爵夫人对老侯爵说："请您先骑马回城，越快越好，不过您不能没有随从，您只需把霍诺里欧留给我，我们俩随后就来。"

叔叔觉得这话很有道理，是的，必须得这么办。于是他跨上马，快马加鞭，尽可能迅速地奔驰下了乱石坡。

侯爵夫人骑上马时，霍诺里欧提醒她说："殿下，我请求您骑慢一点儿！城里和府上的消防设施都非常正常，再说人们大概还不至于被这突如其来的意外事故吓昏了头，而此处，在这山上，地面高低不平，净是碎石和低矮的杂草，很不好走，您骑快了不安全，反正等我们赶回城里说不定火已经扑灭了。"

侯爵夫人不相信他的话。她远远望见烟雾还在继续升腾和扩散。她相信自己已经看到了大火，耳中听到了一声巨响，叔叔反复讲述过的那场火灾的种种可怕景象，一下子涌进她的脑海里，并似一幅幅图画在她的想象中闪过，唉，具有传奇色彩的叔叔在年集上亲身经历过的那些骇人听闻的场面给她留下的印象太深了。

那一场火灾确实极为可怕，发生的如此突然，来势如此迅猛，使人们一辈子都心有余悸，他们总有一种预感，总想象这样的灾难会再次卷土重来。就在那天夜里，在店铺和摊点栉比鳞次的集市区，一场猝然燃起的大火扑向了一个又一个的店铺，此时，简易店棚内外熟睡的人们尚未从酣梦中被撼醒。老侯爵身为异乡客经过长途旅行已累得筋疲力尽，他刚刚入睡便被惊醒，立即跃到窗前，惊恐地发现，外面的大火已把一切照得通明。火焰追逐着火焰，左跳右窜地朝着他这个方向卷来。集市广场上所有的房屋被映得通红一片，似乎随时随刻都会燃烧起来，并在熊熊大火中化为灰烬。烈火在不停地到处蔓延。各种木板、木条被烧得不时发出噼噼啪啪咔咔嚓嚓的响声；篷布飞上了天，它那被熏得黑乎乎的大大小小的碎片尾部被烧得犬牙交错，拖着红红的火苗在空中游来荡去，就像是一个个改头换面的恶魔，得意忘形之际放浪不羁地狂欢乱舞，待体力消耗尽后再从这里或那里的余火中重新显露原形。紧接着每个人都开始抢救手边的财物，尖叫声、号啕声乱成一片。随从和仆人与他们的主人一起奋不顾身地拖走一包包一捆捆受到大火危及的货物，并拼命想从正在燃烧的货架上再抢下些什么塞进大木箱里，到头来连他们的箱子也在劫难逃，让迅猛扑来的大火夺去。有些人只不过是片刻犹豫，他们想寻找对策使滚滚而来的火龙能停止前进，结果连人带全部财产都被大火吞没。整座城市一边已经是一片火海，夜空被映得通红，另一边却是一片漆黑，夜幕沉沉。性情顽强的人、意志坚定的人，都在顽强地与凶猛的大火搏斗，他们不顾一切地想多抢救一些东西，他们的头发被烧了，眉毛被烧了，但都在所不惜。不幸的是，眼下，在侯爵夫人这位美神的面前，这种令人厌恶的混乱嘈杂的场面又再一次重演。于是，晨间还是那么明丽的大自然似乎已被雾霭所笼罩，她的双眼失去了往日的光泽而变得暗淡起来，森林、草地仿佛都不可思议地让人不寒而栗。

下了山他们驱马进入一道宁静的山谷，却没有注意到这里的凉爽，附近流动着一条小溪，离小溪的源头几乎没有几步路了，突然，侯爵夫人发现，在下面的矮树丛中有一个庞然大物，她立即认出是一头老虎，与她早上在广告画上看到的一样，老虎正一跃一跃地对着他们走来，对比刚才她头脑里闪现的那些可怕的场面，这幅情景给她留下的印象极为奇特。

"快躲开，夫人！"霍诺里欧大声呼喊，"快逃！"

她勒转马头，朝着她刚刚下来的峻峭的山坡冲去。年轻人却面对着这头猛兽拔出手枪，在他认为距离已够近时开了一枪，可惜，没有击中，老虎猛地往旁边一跳，马吓得惊住了，于是发了狂的老虎追寻着马的踪迹紧紧跟住侯爵夫人，侯爵夫人拼命朝那段碎石路上奔，几乎顾不上担心那匹倍受她宠爱的生灵是否经受得住，要知道它可从来不习惯这般劳苦。处于险境的女骑手不断地驱马前进，那马已疲于奔命，却仍然硬撑着，踉踉跄跄地继续往山上行，一次又一次地碰到山坡的碎石上，尽管奋力挣扎，终于心力交瘁，一下子瘫倒在地上。美丽的夫人果断敏捷，倏地跳到地上，随后马又挣扎地站立起来，这时老虎已经逼近，虽说它追赶的速度并不十分迅速，山地坡陡，又布满尖利的石头，似乎使它无法发动猛烈的攻势。霍诺里欧骑在马上先是穷追不舍，迅疾如飞，接着，他赶上了老虎，与它并列前行，霍诺里欧的行动仿佛刺激了老虎，逼迫它又重新振奋起精神猛跑起来。霍诺里欧与老虎同时冲到立在马旁边的侯爵夫人站立之处。年轻的勇士立即弯下身子朝老虎开枪，第二枪正打中这只巨兽的脑袋。老虎当即倒在地上，当高大的虎身完全伸展开后，才真正让人看清楚，它是多么威武可怕，尽管躺在地上还仅仅是遗留下来的一具躯体。霍诺里欧纵身下马，立即扑跪到老虎身上，右手握着出鞘的猎刀，不让那畜生作最后的挣扎。这个年轻人真英俊，他骑着骏马飞驰而来的样子侯爵夫人很熟悉。过去，当他手持长枪比武时，或者参加跑马跳圈竞技赛时，侯爵夫人常常见到他那矫健的身影，他的英姿也常常出现在驯马场上，当他驰骋在驯马场上举枪向木桩上的土耳其人头射击时，那子弹不歪不斜，正巧打在缠头下击中前额。同样，当他手执明晃晃的宝剑，坐在疾驰的马背上一闪而过时，刹那间就把地上的摩尔人头挑了起来。他精通所有这些本领，他动作敏捷、技艺娴熟，眼下在这里，这两样都刚好派上了用场。

"再给它一枪，干掉它，"侯爵夫人说，"我怕它会用爪子伤着你。"

"请原谅，"年轻人说，"它已经完全死了，再说我也不愿意把它的皮弄坏，等冬天来了时好让这张虎皮给您的雪橇增辉添彩。"

"别亵渎了神灵！"侯爵夫人说。此时此刻，蕴藏在一个人内心深处的所有虔诚又都展现了出来。

"我也这样想，"霍诺里欧高声说，"我从来没有比现在更加虔诚了，也正因为如此，我才想到那最令人高兴的情景，我只想看到这张虎皮怎样陪伴您，给您带来欢乐。"

"我看它只会永远使我回忆起这个可怕的时刻。"侯爵夫人说。

"比起那些抬到胜利者面前展览的被杀的敌人的武器来说，它可是一个没有被玷辱的胜利的标志。"霍诺里欧红着脸反驳说。

"看到这张皮子我当然也会想起你的勇敢和机智，然而我不能添枝加叶地说，你终生都可以指望得到我的感谢和侯爵大人的恩宠。站起来吧，老虎已经魂归西天了，咱们还是想想下一步该怎么办，不过，先站起来！"

"既然现在我已经在跪着，"年轻人回答说，"既然我已经处在这样一种姿势，一种我平时无论如何不可以采用的姿势，那么就让我这样请求您，请您在此刻答应给予我恩惠和仁慈。我曾经向您高贵的丈夫请求过不知多少次，请他恩准我休假，特许我做一次远游。当您举办宴会时，谁要是有此荣幸能够在您的宴席上就座，并得到您的礼遇，准许他以自己的侃侃的谈吐为您的宴会助兴，那么，他肯定是一个见过世面的人。现在，旅行者从四面八方涌到我们这里，当他们谈起某一个城市，谈起世界上某大洲的一个重要地方时，每次都会向您府上的人发问，是否同意他们的观点，除非亲眼见过他们所谈论的一切，否则别人就不会相信你的判断，好像是人们了解一切，获悉一切知识仅仅都是为了其他人似的。"

"站起来！"侯爵夫人再次吩咐道，"我不喜欢违背我丈夫的信念去表示什么愿望和请求，仅就我个人的想法来看，如果我没有弄错的话，他之所以至今一直留住你的原因很快就会被排除了。他的意图是要亲眼看着你渐渐成熟起来，成为一个独立自主的高尚的人，以后在外面，也跟目前在府上一样，能够为你自己、为他争得荣誉；按我推想，你今天的所作所为，可以说已经为你自己取得了一个年轻人可以自豪地携带到世界各地的最值得推崇的旅行护照。"

霍诺里欧脸上掠过的并不是青年人的喜悦，而是一丝不可名状的忧伤。不过，侯爵夫人没有时间注意这个，霍诺里欧本人也无暇任这种情感进一步发展，因为他们看到一名妇女，一只手牵着一个男孩儿，正急匆匆地径直朝着他们走来。正在沉思的霍诺里欧还没来得及立起身，那妇人便哭喊着扑倒在老虎的尸体上。从她的举动来看，以及从她那身虽说干净大方、颜色却嫌花哨、式样也有些奇特的服装来看，马上就能猜到，她准是这头已经蹬了腿儿的造物的驯养员和主人。那个男孩儿长着一双黑色的眼睛和一头卷曲的黑发，手里握着一支笛子，他跪在母亲身旁，也跟她一起啼哭，声音不大，却悲悲切切。

可怜的妇人在撕心裂肺地尽情恸哭之后，又口若悬河不停地诉说起来，她抽抽噎噎，话语时而中断，时而继续，恰如潮涌，又宛若被山岩截断的溪流，从一处山岩流泻到另一处山岩。她的言语朴实、简短、不连贯，却诚切，感人肺腑。如果要想把她说的话翻译成我们所说的语言，只能是白费气力。不过我们听懂了大概的意思，而且也不想隐瞒。

"他们把你给打死了啊，可怜的畜生哇！他们干吗非得这么干呢？你是这么听话，本来你喜欢安静地躺在笼子里等候我们回来，因为你的掌子痛得你不想动啊，你的爪子也没有力气啦！你太阳晒得太少，哪儿来的力气呢！你的同类里数你最好看，有谁见过你这样的老虎呢，伸直身子睡觉时有多气派啊，真像一个大王啊，就像你现在躺在这儿的这个样子！可是你死了，再也站不起来了。过去，每天早上天一亮你就醒了，张开大嘴，吐出红红的舌头，那样子真像在对着我们笑。还有，你从一个女人的双手中，从一个孩子的指头缝中叼取食物的时候，虽然又吼又叫，可却轻松得跟玩儿一样。多少年啦，我们陪伴着你一起走南闯北。多少年啦，我们跟你寸步不离，我们可少不了你啊！你让我们得到过多少实惠啊！全都是为我们啊！我们吃的、喝的那些美味，原本都是靠你们这些吃食儿的畜生得来的啊，全是靠你们这勇猛的畜生啊，这一切以后都再也不会有了，天哪！天啊！"

那妇人还要没完没了地哭诉，这时一队人马从古堡那边翻山过来，从半山腰处奔驰下来，他们立刻被认了出来，是跟随侯爵狩猎的随行人员，侯爵本人走在最前面，他们在后边山里狩猎时望见了从火灾现场升起的黑烟，知道凶多吉少，于是他们就像疯狂地追捕猎物一样，穿峡谷、越山涧，抄近路径直朝着那可悲的信号驱赶而来，正当他们驰过一块多石的空地向这边靠近时，突然间停了下来，愣在那里呆呆地望着这边，他们意外地发现，在一片空地上非常引人注目地站着几个人，当双方互相刚一认出来时，惊愕地竟然说不出话来，过了好一会儿才一个个缓过神儿来，三言两语地说明了情况。侯爵面临的是一桩离奇的事件。骑手们和徒步赶来的仆人们簇拥在侯爵周围。侯爵没有犹豫，马上拿定主意应该做些什么。他忙着下命令，忙着详细地说明如何去执行，这时一个身材高大的汉子挤到人群中来，跟那妇人，那孩子一样，他穿的花花绿绿稀奇古怪的。一见到他，那一家人又一起再次流露出他们的悲痛，叙说起他们所遭遇的意外的不幸。那男人却很镇静，站在侯爵面前一直保持一定的距离，以表示对他的尊敬，他说："现在不是诉苦的时候，唉，我的大人和尊贵的猎手，我们的狮子也跑出来了，跑进这一带的山里，请您不要伤害它，发发慈悲吧，别让它也像这只可爱的老虎一样死去。"

"狮子？"侯爵问，"你知道它的踪迹？"

"是的，大人！那边山下有个农民为了躲避它爬到了树上，这完全大可不必，是他指给我说，继续从这左边上山去找，但是我看到这里有这么一大群人，还有马匹，急于想知道发生了什么事，再说，我也需要有人帮忙，所以就赶到这里来了。"

"既然如此就得往这边追，"侯爵吩咐说，"把你们的枪装上子弹，行动要谨慎，这并非什么了不起的事，把它赶进深山老林里就是了。不过，善良的好人，归根结底我们无法保护那畜生，谁叫你们不小心让它逃脱出来呢？"

"那是因为突然起了大火，"汉子回答说，"开始我们都坚持不动，密切注视着情况的发展，那火虽然蔓延很快，但离我们还远，再说我们也有足够的水进行防御。谁知这时一个火药库爆炸了，于是熊熊大火一直向我们扑来，并且超越了我们，我们仓促逃命才出现了疏漏，造成这种可悲的结局，现在我们成了如此不幸的人。"

侯爵仍然忙着发命令下指示，然而刹那间似乎一切又都凝固了，只见一个男人正急急忙忙从山上古堡的方向大步流星地朝这边跑，人们很快认出，他是派到山上替绘图师看守工作室的守卫，他住在那里，顺便监督管理清理古堡的工人。他跑到这里时已经上气不接下气，尽快用简短几句话报告了情况，在山上那座比较高的环形围墙后面，那头狮子正躺在一棵百年老山榉树旁晒太阳，那样子从容不迫，很安详。末了那男人懊恼地说："我干吗把枪背到城里让人家擦去呢？要是我手头有枪，那家伙就不想再站起来，那张皮就该归我所有，得来这么便宜，一辈子我都可以吹牛了。"

从各方面的迹象看来，一场不可避免的恶战已经逼近，侯爵只能顺其自然，他沉着冷静，已经作好应战的准备，他的军事经验刚好在此派上了用场，于是他说："如果我们不伤害您的狮子，您能拿什么作担保呢，保证您的狮子不在我的领地危害我的臣民？"

"就用这女人和这个孩子，"那父亲急促地回答说，"他们主动提出去驯服它，使它安静地待在那里，一直等到我把铁皮箱子搬上山，我们用笼子把它装回来，这样它就即伤不着人，也能使它免遭伤害。"

那个男孩儿似乎已跃跃欲试，就想吹他那笛子，这笛子是一种通常被人们习惯地称为会述说甜言蜜语的乐器。笛子的吹口短小，像鸟嘴儿，行家里手能让它发出最优美动听的声音。侯爵问那守卫，狮子是怎样上去的，守卫回答说："通过隧道上去的，隧道两旁都用墙围住了，这历来是唯一能进入城堡的通道，现在仍然如此。本来还有两条通往山上的小路，是供行人走的，但已经被我们毁得面目皆非，早就不能走人了，这样任何人想到达那魔幻般的城堡都只能走刚才说的那条狭窄的隧道，别无他路可走，这是按照老侯爵弗里德里希老爷的意图和口味办的。"

侯爵回头望着那个男孩，那孩子刚才似乎一直不断地在轻柔地吹奏着一首序曲，侯爵沉思片刻，又转回身对着霍诺里欧说："你今天已经干了不少事情，那么现在就去完成今天最后一项工作吧，去占据那条狭窄的通道，准备好枪，不过先别开火，尽量想些其他的办法把那头狮子吓回去，但是无论如何要生上一堆火，如果它要下山，看见火就害怕了，其余的事情就让这一对男女去处理。"

霍诺里欧赶忙顺从地去执行命令。

那孩子则继续聚精会神地吹着曲子，这曲子听起来似乎不成调子，只不过是一连串没有节律的音符而已，或许正因为如此，才这样动人心弦，周围的人犹如在听一首旋律优美、风格独特的曲子，个个都被它陶醉了。这时，孩子的父亲既满怀激情，又不失礼貌地讲起话来，一开口，他便滔滔不绝："上帝赋予侯爵以智慧，同时也让他认识到，上帝的一切杰作都是智慧的，只不过各自都按照自己的方式表现而已。请看这座山岩，它岿然屹立，一动不动，它不怕任何气候，抗拒着风吹雨打日晒，古老的树木装饰着它的顶端，于是它头顶桂冠傲然环视着远方，要是其中一块坠落下来，它绝不愿意依然如故保持现状，它宁愿粉身碎骨变成小石块覆盖在山坡的一侧，即使在此，它们也仍不甘于故步自封，它们故意朝深处跳下去，直到溪流接纳了它们，并把它们运送到江河里，于是它们不再抗争，不再难以驾驭，不再棱角分明。它们变得又圆又光滑，以使自己可以更快地赶路，从一条江河到另一条江河，直到最终投入大海的怀抱，那里有成群的巨人漫游而来，而在深处则是侏儒蜂拥的地方。

"然而有谁赞颂主的光荣，只有星星，无穷无尽！你们为什么要站在远处四处张望？你们朝这儿看，瞧瞧这只蜜蜂吧！在这深秋季节，它在辛勤地采集，为自己建筑房屋，直角的、水平的，又当师傅，又当伙计；再看这里这只蚂蚁！它认识自己的路，永远不会迷失方向，它用草茎、土粒儿和松针为自己修建住所，建得高高的，顶部还向上隆起；可是它的劳动白费了，因为马践踏了它的窝，刨得一塌糊涂。你们看那里，马踩断了大梁，踢散了壁板，还不耐烦地喷着响鼻，一刻也不能歇息歇息，因为主让马成为风的伙伴，成为狂飙的同途好友，注定它得驮着男人去他们想去的地方，同样也得驮着女人去她们想去的地方。但是，在棕榈树林里登场的是狮子，它迈着威武的步伐穿过沙漠，它统治着所有的动物，谁也不敢与它抗争。但是人类知道怎样驯服它，就是最凶残的野兽，对人也充满敬畏之心，因为人酷似上帝，天使也是按照上帝的样子造出来的，它们为主服务，也为主的仆人服务。先知但以理在狮穴中无所畏惧，他始终坚定、自信，狮子凶狂的咆哮也不曾能够打断他虔诚的歌唱。"

父亲喋喋不休慷慨陈词，语调朴实自然，那孩子则时不时地吹起优美的曲调为他伴奏；父亲的话音刚一落下，孩子便放开清亮圆润的歌喉，婉转动听地唱了起来，发音技巧相当熟练；那做父亲的则接过笛子为他伴奏，两个人配合默契。

孩子唱道：

> 在这里在山坳中，
> 我们听到先知的歌声
> 从狮穴中传来。
> 天使在上空盘旋，
> 给他以鼓舞，
> 那好人可曾感到害怕？
> 公狮和母狮离去又归回，
> 俯首贴耳将他偎依，
> 啊，是温柔虔诚的歌声，
> 使它们从此不再凶猛！

父亲一直不间断地用笛子为这歌曲伴奏，母亲则时不时地插进来，以第二声部的形式跟着唱。

给人留下强烈印象，又让人觉得颇为异乎寻常的是，那男孩儿唱到这里便开始打乱歌词的顺序，歌曲重新编排唱出来后虽说没有增添新的意义，但所抒发的感情更加浓厚，因此更加激动人心：

> 天使飞上又飞下，
> 用歌声鼓励我们，
> 这歌声来自天国，
> 多么神奇动听！
> 在狮穴里，在山坳中，
> 那孩子可曾感到害怕？
> 温柔虔诚的歌声，
> 将赶走不幸和灾难，
> 天使飞来飞去保佑他，
> 一切都会转危为安。
> 随后三个人一起引吭高歌：
> 永恒的主统治着尘世人寰，
> 他威严的目光注视着大海，
> 狮子变成了羔羊，
> 颠波的海浪停止了嚣张，
> 出鞘的冷剑凝固在空中，
> 人人充满信仰和希望，
> 这一切奇迹都是仁爱所创，
> 仁爱永远被祈祷者颂扬。

在场的人鸦雀无声，听着，全神贯注地倾听着，直到歌声逐渐消失，这时人们才发现，起码是看到了这种迹象：所有的人都如同得到了抚慰，每个人都深深地被感动了，但表现的方式有所不同；侯爵低头看着偎依着自己的妻子，他似乎不再想刚才威胁过自己的不幸。侯爵夫人则忍不住掏出绣花小手绢蒙在眼睛上，几分钟前她那颗年轻的心还好似压了一块巨大的石头，现在已如释重负。人群中寂然无声，人们似乎忘记了危险，忘记了山下的大火，也忘记了山上那头令人忧虑的狮子养精蓄锐后还会重新站起来。

　　侯爵招手示意下人把马匹都牵过来，以使这一群人先行动起来，然后转过身对那妇人说："这么说你们确信在你们找到那头逃脱的狮子时，通过你们唱歌，通过这孩子唱歌，借助这笛声就能把它驯服喽，并且还能在既不伤害别人，它又不受伤害的情况下，把它重新关到笼子里？"

　　他们表示肯定能办到，并且一而再，再而三地做出保证和许诺。古堡的守卫被派去给他们带路。安排完毕，侯爵便带着几个亲信急步离去，侯爵夫人带着剩下的一些随从慢慢地跟在后边。古堡守卫从别人手中夺过一支枪，陪着那位母亲和她的儿子爬着陡坡上山去了。

　　在进入通往城堡的隘道口前，他们发现不少猎人在忙着堆干柴枝，他们无论如何要想办法点燃起一堆大火。

　　"用不着点火，"那妇人说，"没有火这一切将可以和和平平地解决。"

　　再往前走，他们发现霍诺里欧坐在一处墙头上，抱着他那支双筒猎枪，坚守着岗位，他密切地注视着情况，俨然已做好应付一切意外事件的准备，然而他似乎根本没发现正在走过来的几个人。他坐在那里像是正在沉思，他向四周张望时显得心不在焉、精神涣散。那妇人走上前去跟他打招呼，请求他，不要让那些人点火，然而她的话好像没有引起他的重视，于是，她更加激动地说起来，并大声央求他说："漂亮的小伙子呀，你已经杀死了我的老虎，我没有骂你诅咒你，现在请你不要再伤害我的狮子啦，好心的小伙子呀，我会对你感恩不尽的。"

　　霍诺里欧两眼直直地向着太阳落山的地方望去，看着太阳正沿着自己的轨迹下沉。

　　"你是在看西方啊，"妇人大声说，"你做得对，那里还有很多事情要干，快点儿吧，别浪费时间了，你能说服他们，不过你首先得说服自己才行。"

　　说到这儿只见霍诺里欧似乎微微笑了笑，于是那妇人继续往山上走，一边走一边又禁不住回头望望仍旧停留在原处的年轻人，年轻人的脸上抹着一缕淡红色的阳光，她相信，她从来没有见过比他更英俊的小伙子。

　　"要是如您确信的那样，"守卫说，"您的孩子吹着笛子，唱着歌，就能把那头狮子引诱出来，并使它服服帖帖的，那么我们自然可以控制住自己不去袭击它，尤其是那巨兽躺的地方就在破墙洞附近，自从通向庭院的门被掩埋后，我们只能从这个洞口出出进进。只要您的孩子能够把狮子引进庭院里，我便可以轻而易举地把洞口堵住，然后，如果您孩子认为恰当的话，他可以沿着在角落见到的其中一段小旋转梯从狮子身旁溜脱掉。咱们两人还是先躲藏起来，不过我得做好开火的准备，以便我的子弹能随时帮助这个孩子。"

"完全不必这么费心，上帝和艺术，虔诚和运气一定会尽最大努力帮助他。"

"但愿如此，"守卫说，"不过我知道自己的职责。我先带你们通过一条陡峭的小道爬到那段墙上去，那里正对着我刚才说的那个入口，孩子一从那里下去就犹如进入了这场戏的表演舞台，他要把那头驯服的畜生呼引进去。"

一切均按计划进行。守卫和孩子的母亲隐蔽起来，从上往下目睹孩子怎样走下旋转梯出现在院落里，然后又消失在黑魆魆的洞口里，很快就听到了他的笛声，接着笛声越来越弱，最后笛声停止了。笛声的消失是一种不祥的预兆，这种人间罕见的情况使那位深知危险的老猎人紧张得透不过气来，他自言自语地嘟囔说，他宁愿自己亲自去对付那危险的畜生。那母亲却面部表情明朗、镇定自若，她向前探着身子侧耳静听，没有显露出丝毫惊慌不安。

终于又听到了笛声，那孩子从洞口处显露出来，两眼闪闪发亮，流露着十分满足的神情，狮子顺从地，又有些磨磨蹭蹭地跟在他后面，行动似乎有些艰难，它时不时地表现出想倒下来歇一歇的样子，然而那男孩儿领着它继续走着，绕了半个圈子穿过掉了一些树叶却仍然色彩斑斓的树木，直到最后又出现在太阳透过废墟的缺口撒进去的余晖中，他容光焕发，宛如神灵，然后他坐下来，又一次唱起那首驯狮歌。这里，我们也不可避免地要再温习一遍这首歌：

　　　　在这里在山坳中，
　　　　我们听见先知的歌声

从狮穴中传来。

天使在上空盘旋，

给他以鼓舞，

那好人可曾感到害怕？

公狮和母狮离去又归回，

俯首帖耳将他偎依，

啊，是温柔虔诚的歌声

使它们从此不再凶猛！

男孩儿唱歌时，狮子紧紧靠着他躺了下来，把那只沉重的右前爪搭到他的膝上，男孩儿一边唱着歌，一边温雅地抚摸着，很快便发现，有一根尖尖的刺扎进它的前掌上，男孩儿小心翼翼地替它把尖刺拔出来，微笑着从自己脖子上取下花丝绸围巾，把这个巨兽的大爪子包扎好。母亲看到这个场面，高兴地伸开双臂，身子往后一仰，要不是守卫使劲用拳头碰了她一下，提醒她危险还没有过去，她肯定会习惯地又鼓掌又喝彩不可。

那孩子用笛子吹奏了几个音调，又无上光荣地继续唱：

永恒的主统治着尘世人寰，

他威严的目光注视着大海，

狮子变成了羔羊，

颠簸的海浪停止了嚣张，

出鞘的冷剑凝固在空中，

人人充满信仰和希望，

这一切奇迹都是仁爱所创，

仁爱永远被祈祷者颂扬。

如果人们认为，在一个如此凶猛的野兽、森林之中的暴君、动物世界的霸王——狮子身上也能看到友好、满意和感激的表示，那么这样的奇迹正在这里发生。那孩子神采奕奕，犹如一名强大的百战百胜的征服者，而那狮子虽然还不能算是一个被征服者，因为它身上还潜藏着力量，不过已确实成了一个被驯服者，显得和平安详。孩子就这样吹着笛子、唱着歌，随心所欲地串换着歌词，并加上新的词句：

> 幸运天使愿意忠告，
> 好孩子都应该仿效，
> 制止恶念，
> 多多行善。
> 神的爱子软嫩的膝旁，
> 偎依着森林中的暴君，
> 是虔诚的思想和音乐，
> 把那狮子牢牢地吸引。

[注释]

①潘神：希腊神话中主宰森林畜牧之神。在古希腊人的观念里，潘是快乐的神，他习惯中午休息，在这时不喜欢别人打搅他，否则他会使那些扰乱他清静的人感到"丧魂落魄"的恐惧。

大　树

［西班牙］　麦斯特勒斯

有棵很高很大的树，树顶似乎已溶入了天空的蔚蓝。

有人从树下走过，惊奇于它的高大，失声喊道："多美的树啊！"然后继续自己的行程。

第二个人走过，也为这树的美打动，不过他没有开口。没有停留。

第三个人又走过去了，可他甚至没有注意到这树的存在。

终于，过来两个狂人，其中一个人想爬上树去，可在眼看就要爬到树顶的时候跌了下来，跌破了脑袋。其时有人看了看，他的脑袋里什么也没有。

他的同伴也力图爬上树去。由于比前一个人有更多的狡猾和更多的韧性，他最终爬到了树顶。从那里，他俯瞰世界——原来是极小的，极小极小的，躺在他的脚下！

于是这世界宣告他是天才。

继续走过许多的人。他们像最初一个人那样，停留片刻，赞叹天才："跌下来的那人或许也是一位天才，不过命运不曾加恩与他罢了。"

这些人是有知识的。

又走过更多的人。他们像第二个人那样，不说什么，也不停留，只愤愤地想道："也许那到达树顶的人跟跌下来的人是一样的狂人，不过命运加恩与他罢了。"

这些人是聪明的。

又走过无数的人。他们像第三个人那样，继续他们的行程，想也不想，根本无视天才或狂人的存在。

这些人是绝大多数。这些人正是建设着或破坏着的人，因为这大地是他们的呀！

青春之门

赵 冬

  我是一个喜欢在人家门前徘徊的孩子，无意间看见的小花猫或蓝风铃什么的，都会引逗得我在人家门口默默地望上半天。我的一双眼睛以外永远是一扇门，把自己内心世界与外面的大世界隔绝开来，于是心中就总是酝酿着孩提时代的那种清纯，于是眼睛就总是贪婪地向门外张望。

  从前一直认为那扇门很大，大得连风雨都推不动。那时门里只有爸爸妈妈、姐姐和玩具熊，一本旧旧的连环画早就翻烂了；一首催人如梦的童谣早就唱厌了；一段关于公主与巫婆的故事早就听腻了……可门却关得那么严，我出不去。只好经常站在窗前，夏天看窗外的白鹭在云里钻来钻去，心儿便也插上了翅膀飞出大门；冬天用手在窗花上模仿各种野兽在雪地中的脚印，每一串脚印都跳到了门外……懂事的时候，我就试图接近那扇门，有时间就与它培养感情，跟它说话，给它唱歌，向它做鬼脸儿……可是不论我怎样讨好，它都不理我，它离我好远啊！

  后来，我可能是长大了，在某年某月的某一天，那扇门竟訇然地向我洞开了。我一下子仿佛置身于另一个清新的世界。跑啊跳啊，朋友也多起来，调皮的鸟、溢香的花、青翠的山、幽蓝的湖，还有伙伴的友情，对知识的求索，对异性的那种神秘而清纯的爱慕……排山倒海地向我堆来。穿越过一段时间的隧道，我终于跨过了这扇既陌生又熟悉的大门。

  由小男孩儿迅速长成个小伙子，这不能不算是大自然对自己的慷慨。那扇绚丽芬香的五彩门已经被丢在身后了，喜欢在门前徘徊的我，突然像失去了什么，周围是一片空蒙寂寥，于是便发现了自己的孤独。总想把甜蜜和痛苦都揉进梦里，让一个清丽修长的身影夜夜光着脚熨干我潮湿的情绪。总想把静谧和骚动都揉进指甲缝，让一个绵软的笑时时眯着眼流入我荒凉的田野。

　　这就是我所踏上的青春阶梯吗？这样的年龄悄悄地来了，这样的季节悄悄地来了，谁也无法拒绝，谁也无法回避。青春的门应该是属于诗的，它不仅奔流着执着的血浆，还燃烧着热情的生命。清晨，我在它的轻唤中醒来；夜晚，我在他的抚慰中睡去。仅仅是在短暂的瞬间，我便迎来了青春之门，我便告别了青春之门，向人生的又一领域奋力攀登。仅仅只是在短短的路程中，便留下了一生中最多最多的回忆……

　　想停下来深情地沉湎一番，怎奈行驶的船却没有铁锚；想回过头去重温旧梦，怎奈身后早已经没有了归途。因为时间的钟摆一刻也不曾停顿过，所以使命便赋予我们将在汹涌的大潮之中不停地颠簸。

　　生命不是一张永远旋转的唱片，青春也不是一张永远不老的容颜。爱情是一个永恒的故事，从冬说到夏，又从绿说到黄；步履是一个载着命运的轻舟，由南驶向北，又由近驶向远……你看到那阳光明媚、金色羽毛升起的地方，矗立在歌吟里、掩映在诗词中的不分明是一扇神奇玄妙的青春之门吗？

　　人生就像小姑娘跳方格一样，无论愿不愿意，都必须跨过这一扇又一扇庄严的大门。

母　爱

毕淑敏

　　"仅次于人的聪明的动物，是狼，北方的狼。南方的狼是什么样，我不知道。不知道的事咱不瞎说，我只知道北方的狼。"

　　一位老猎人，在大兴安岭蜂蜜般黏稠的篝火旁，对我说。猎人是个渐趋消亡的职业，他不再打猎，成了护林员。

　　我说："不对，是大猩猩。大猩猩有表情，会使用简单的工具，甚至能在互联网上用特殊的词汇与人交流。"

　　"我没见过大猩猩，也不知道互联网是什么东西。我只见过狼。沙漠和森林交界地方的狼，最聪明。那是我年轻的时候啦……"老猎人舒展胸膛，好像恢复了当年的神勇。

　　"狼带着小狼过河，怎么办呢?要是只有一只小狼，它会把它叼在嘴里。若有好几只，它不放心一只只带过去，怕它在河里游的时候，留在岸边的子女会出什么事。于是狼就咬死一只动物，把那动物的胃吹足了气，再用牙齿牢牢紧住蒂处，让它胀鼓鼓地好似一只皮筏。它把所有的小狼背负在身上，借着那救生圈的浮力，全家过河。"

　　有一次，我追捕一只带有两只小崽的母狼。它跑得不快，因为小狼脚力不健。我和狼的距离渐渐缩短，狼妈妈转头向一座巨大的沙丘爬去。我很吃惊。通常狼在危急时，会在草木茂盛处兜圈子，借复杂地形，伺机脱逃。如果爬向沙坡，狼虽然爬得快，好像比人占便宜，但人一旦爬上坡顶，就一览无余，狼就再也跑不了了。

　　这是一只奇怪的狼，也许它昏了头。我这样想着，一步一滑爬上了高高的沙丘。果然看得很清楚，狼在飞快逃向远方。我下坡去追，突然发现小狼不见了。当时顾不得多想，拼命追下去。那是我平生见过的跑得最快的一只狼，不知它从哪儿来的那么大的力气，像贴着地皮的一支黑箭。追到太阳下山，才将它击毙，累得我几乎吐了血。

我把狼皮剥下来，挑在枪尖往回走。一边走一边想，真是一只不可思议的狼，它为什么如此犯忌呢？那两只小狼到哪里去了呢？

已经快走回家了，我决定再回到那个沙丘看看。快半夜才到，天气冷极了，惨白的月光下，沙丘好似一座银子筑成的坟，毫无动静。

我想真是多此一举，那不过是一只傻狼罢了。正打算走，突然看到一个隐蔽的凹陷处，像白色的烛光一样，悠悠地升起两道青烟。

我跑过去，看到一大堆干骆驼粪。白气正从其中冒出来。我轻轻扒开，看到白天失踪了的两只小狼，正在温暖的驼粪下均匀地喘着气，做着离开妈妈后的第一个好梦。地上有狼尾巴轻轻扫过的痕迹，活儿干得很巧妙，在白天居然瞒过了我这个老猎人的眼睛。

那只母狼，为了保护它的幼崽，先是用爬坡延迟了我的速度，赢得了掩藏儿女的时间。又从容地用自己的尾巴抹平痕迹，并用全力向相反的方向奔跑，以一死挽回孩子的生存。

熟睡的狼崽鼻子喷出的热气，在夜空中凝成弯曲的白线，渐渐升高……

"狼多么聪明！人把狼训练得蠢起来，就变成了狗。单个儿的狗绝对斗不过单个儿的狼，这就是我想告诉你的。"老猎人望着篝火的灰烬说。

后来，我果然在资料上看到，狗的脑容量小于狼。通过训练，让某一动物变蠢，以供人役使，真是一大发明啊。

在爱的站台上送别

邓康延

　　它不能改变日子的快慢进程，却把岁月凝聚成影集；它似乎只是一种礼仪，却让生活流淌着淡淡的温情。当我们在爱的站台上送别的时候。

　　人生的各个路口，感情负载得沉重时，也许就是亲友离别的一刻了。时间和空间在那一瞬、那一站里显示出跳跃前的热烈和沉郁。我常想，倘若那站台、机坪、码头有知有觉，能承负起那么多的离绪别恨、远思长情吗？母与子、夫与妻、兄与妹、朋友同事、知己同学、恋人情侣，目光拥抱着。——当秋雨缠绵时，当暮雪飘洒时，当晨风微拂时，当星云游移时，汽笛响了。

　　许多人一别再难相逢，这里便成为一个灰蒙蒙的背景，衬托起斑驳记忆；许多人又会久别重逢，于是这里便凝聚起双倍的柔情。

　　每当我看到那些含泪又微笑，挥手再跟跑的人们，总觉得心头有什么被搅起。苍茫人世，因为这别离，有了某种缺憾，也因为这别离，缺憾成美。

　　我不能忘记这些场景：

　　送新兵的站台上，一位母亲微笑着压住泪水。还未佩徽章的儿子以不熟练的动作向她行第一个军礼，列车和岁月就此行驶在进行曲中。一位乡下老人送读大学的孙女远行，两人为互让一张10元钱争来扯去。我知道了爱有多种形式，钱能表达，却不能丈量。一方去支边的一对恋人绞着手话别，他们不能相吻，便用目光拥抱。两位好似兄弟的青年难舍难分，我问送行的青年："是老朋友吧？""不，才相识几天。"他望着列车消失的前方又补充了一句，"患难相交。"我突然想起两句诗"天涯何处无芳草""相逢何必曾相识",人世有这两番境界,也算得上高远旷达了。而最使我不能忘怀的,还是在四川一个烟雨迷蒙的矿区小站上,一群矿区初中的孩子为几个实习归去的师专学生送行。一个女孩儿率先哭了,顿时,站台被一片离情濡湿。竟有几个男孩子爬上火车,要再送一站。素来原则与心肠都挺硬的列车员默然允诺。在车上,我问几个未来的老师,他们一时难于成句,索性打开一大沓赠送的本子。有一本只题有一句:老师,您不会走出我的心。以后,铁轨就给了我这样一个意象:血管。再怎样延伸,也是循环,终归走向亲友心里、社会心里、祖国心里。

站台,是一个细腻多情的少女,又是一个粗犷豪放的汉子,它身上淌着南方河的气息,它肩上托着北方山的情志,它怀着对往日的追忆,它举着对明天的期冀。

毕竟,时代的站台,已缩短了远方与远方的距离、心与心的距离,已走出了柳永"杨柳岸晓风残月"的冷艳,已走出了荆轲"风萧萧兮易水寒"的悲怆,已走出了王维"劝君更进一杯酒"的孤寂。于是,便有我们这一辈人揣着激情,去西走日喀则,东奔大亚湾,北穿漠河,南跨老山。

流动奔涌的,才是——生——活。

我向往着远方,还因为在驶向远方的路上有许多站,站上有许多故事,故事里有许多相识或不相识的朋友,朋友们以他们各自的送行方式表述着爱意。

人生是流动的,生活是流动的,爱却永久地站着,与坚固的站台一起挥手相送。

提醒幸福

毕淑敏

我们从小就习惯了在提醒中过日子。天气刚有一丝风吹草动，妈妈就说，别忘了多穿衣服。才相识了一个朋友，爸爸就说，小心他是个骗子。你取得了一点儿成功，还没容得乐出声来，所有关切着你的人一起说，别骄傲！你沉浸在欢快中的时候，自己不停地对自己说："千万不可太高兴，苦难也许马上就要降临……"我们已经习惯了在提醒中过日子。看得见的恐惧和看不见的恐惧始终像乌鸦盘旋在头顶。

在皓月当空的良宵，提醒会走出来对你说：注意风暴。于是我们忽略了皎洁的月光，急急忙忙做好风暴来临前的一切准备。当我们大睁着眼睛枕戈待旦之时，风暴却像迟归的羊群，不知在哪里徘徊。当我们实在忍受不了等待灾难的煎熬时，我们甚至会恶意地祈盼风暴早些到来。

风暴终于姗姗地来了。我们怅然发现，所做的准备多半是没有用的。事先能够抵御的风险毕竟有限，世上无法预计的灾难却是无限的。战胜灾难靠的更多的是临门一脚，先前的惴惴不安帮不上忙。

当风暴的尾巴终于远去，我们守住零乱的家园。气还没有喘匀，新的提醒又智慧地响起来，我们又开始对未来充满恐惧的期待。

人生总是有灾难。其实大多数人早已练就了对灾难的从容，我们只是还没有学会灾难间隙的快活。我们太多注重了自己警觉苦难，我们太忽视提醒幸福。请从此注意幸福！幸福也需要提醒吗？

提醒注意跌倒……提醒注意路滑……提醒受骗上当……提醒荣辱不惊……先哲们提醒了我们一万○一次，却不提醒我们幸福。

也许他们认为幸福不提醒也跑不了的。也许他们以为好的东西你自会珍惜，犯不上谆谆告诫。也许他们太崇尚血与火，觉得幸福无足挂齿。他们总是站在危崖上，指点我们逃离未来的苦难，但避去苦难之后的时间是什么？

那就是幸福啊！

享受幸福是需要学习的，当幸福即将来临的时刻需要提醒。人可以自然而然地学会感官的享乐，人却无法天生地掌握幸福的韵律。灵魂的快意同器官的舒适像一对孪生兄弟，时而相傍相依，时而南辕北辙。

幸福是一种心灵的震颤。它像会倾听音乐的耳朵一样，需要不断地训练。

简言之，幸福就是没有痛苦的时刻。它出现的频率并不像我们想象的那样少。

人们常常只是在幸福的金马车已经驶过去很远，捡起地上的金鬃毛说，原来我见过它。

人们喜爱回味幸福的标本，却忽略幸福披着露水散发清香的时刻。那时候我们往往步履匆匆，瞻前顾后不知在忙着什么。

世上有预报台风的，有预报蝗虫的，有预报瘟疫的，有预报地震的。没有人预报幸福。其实幸福和世界万物一样，有它的征兆。

幸福常常是朦胧的，很有节制地向我们喷洒甘霖。你不要总希冀轰轰烈烈的幸福，它多半只是悄悄地扑面而来。你也不要企图把水龙头拧得更大，使幸福很快地流失。而需静静地以平和之心，体验幸福的真谛。

幸福绝大多数是朴素的。它不会像信号弹似的，在很高的天际闪烁红色的光芒。它披着本色外衣，亲切温暖地包裹起我们。

幸福不喜欢喧嚣浮华，常常在暗淡中降临。贫困中相濡以沫的一块糕饼，患难中心心相印的一个眼神，父亲一次粗糙的抚摸，女友一个温馨的字条……这都是千金难买的幸福啊。像一粒粒缀在旧绸子上的红宝石，在凄凉中愈发熠熠夺目。

幸福有时会同我们开一个玩笑，乔装打扮而来。机遇、友情、成功、团圆……

它们都酷似幸福，但它们并不等同于幸福。幸福会借了它们的衣裙，袅袅婷婷而来，走得近了，揭去帏幔，才发觉它有钢铁般的内核。幸福有时会很短暂，不像苦难似的笼罩天空。如果把人生的苦难和幸福分置天平两端，苦难体积庞大，幸福可能只是一块小小的矿石，但指针一定要向幸福这一侧倾斜，因为它有生命的黄金。

幸福有梯形的切面，它可以扩大也可以缩小，就看你是否珍惜。

我们要提高对于幸福的警惕，当它到来的时刻，激情地享受每一分钟。据科学家研究，有意注意的结果比无意要好得多。

当春天来临的时候，我们要对自己说，这是春天啦！心里就会泛起茸茸的绿意。

幸福的时候，我们要对自己说，请记住这一刻！幸福就会长久地伴随我们。那我们岂不是拥有了更多的幸福！

所以，丰收的季节，先不要去想可能的灾年，我们还有漫长的冬季来得及考虑这件事。我们要和朋友们跳舞唱歌，渲染喜悦。既然种子已经回报了汗水，我们就有权沉浸幸福。不要管以后的风霜雨雪，让我们先把麦子磨成面粉，烘一个香喷喷的面包。

所以，当我们从天涯海角相聚在一起的时候，请不要踌躇片刻后的别离。在今后漫长的岁月里，有无数孤寂的夜晚可以独自品尝愁绪。现在的每一分钟，都让它像纯净的酒精，燃烧成幸福的淡蓝色火焰，不留一丝渣滓。让我们一起举杯，说："我们幸福。"

所以，当我们守候在年迈的父母膝下时，哪怕他们鬓发苍苍，哪怕他们垂垂老矣，你都要有勇气对自己说："我很幸福。"因为天地无常，总有一天你会失去他们，会无限追悔此刻的时光。

幸福并不与财富地位声望婚姻同步，这只是你心灵的感觉。

所以，当我们一无所有的时候，我们也能够说："我很幸福。"因为我们还有健康的身体。当我们不再享有健康的时候，那些最勇敢的人可以依然微笑着说："我很幸福。"因为我还有一颗健康的心。甚至当我们连心也不再存在的时候，那些人类最优秀的分子仍旧可以对宇宙大声说："我很幸福。"因为我曾经生活过。

常常提醒自己注意幸福，就像在寒冷的日子里经常看看太阳，心就不知不觉暖洋洋亮光光。

怎样才能活到二百岁

[加拿大] 里柯克

二十年前我认识一个叫吉金斯的人，此公有健身的习惯。

那时他每天早上都要洗一个冷水澡，他说这能使毛孔舒张；然后他必定再洗一个热水澡，他说这能使毛孔关闭。他这样做为的是能够随心所欲地开合毛孔。

在每天穿衣起床之前，他总要站在敞开的窗前练习呼吸半个小时。他说这能扩大肺活量。当然他也可以去鞋店用鞋撑子达到这一目的，可这种窗前练习毕竟是一钱不花的，花去半个小时算得了什么呢？

穿上内衣后，吉金斯接着会把自己像狗一样拴起来做健身运动。他不是前俯，就是后仰，臀部撅得老高老高的，折腾得可来劲儿啦。

无论在哪儿他都能找到些狗事儿干。他把所有的时间都花在这上面了。在办公室的时候，他一闲下来就会趴到地板上，看自己能不能用手指把自己撑起来。要是此举大功告成，他接下来又会试其他的招数，一直要到发现某个动作实在做不了才肯罢休。就连午饭后的那点儿休息时间他都要用来练腹肌，他感到真是其乐无穷。

傍晚回到自己房里后，他不是举钢棒，就是搬炮弹，要不就是玩哑铃，还用牙齿咬住天花板上垂下来的什么东西做引体向上哩。在半英里之外，你都能听到那砰砰咚咚咚的声音。

他喜欢这样。

整个晚上他有一半时间吊在房上晃来晃去。他说这能使他头脑清醒。在把头脑完全弄清醒后，他就上床睡觉了。第二天一醒来，他又开始再次清醒头脑。

吉金斯如今死了。他当然是一个先驱者，不过他因情系哑铃而英年早逝的事儿，并没有阻止一整代年轻人踏着他的足迹继续前进。

他们都成了健身癖的奴隶。

他们都使自己成了讨厌鬼。

他们在不该起床的时间起床。他们傻傻地穿着一点点衣服在早饭前搞马拉松长跑。他们光着脚丫互相追逐，双脚不沾满露水便于心不忍。他们猎取新鲜空气。他们为胃蛋白酶伤透脑筋。他们不愿吃肉，因为肉里含氮太多。他们不愿吃水果，因为水果里根本不含氮。他们更喜欢蛋白质、淀粉和氮，却不愿吃橘馅饼和面包圈。他们不愿从水龙头喝水。他们不愿吃罐装沙丁鱼。他们不吃装在桶里的牡蛎。他们不愿从杯子里喝牛奶。他们害怕各种各样的酒精。是的，先生，就是怕。真是些"怕死鬼"！

他们这也怕那也怕，可还是患上了某种简简单单的老式病，没折腾多久也像别的人一样呜呼哀哉了。

如今这一类人怎么着都无缘长寿。他们是适得其反呀。

诸君且听我一言。你是不是真的想活得很长很长，真的想享受优裕幸福、老而未衰的值得夸耀的晚年，同时用你对往事的唠叨令左右邻居讨厌不已呢？

那就别听"早起长寿"的胡话。千万别听。早上最好在合适的时间起床。没到非起床不可不要起来，犯不着提前。如果你是十一点上班，那就十点三十起床。有新鲜空气就尽情呼吸吧。不过这东西现在早已绝迹。如果真还有的话，那就花五分钱买上满了一热水瓶，把它放在食橱架上。如果你是早上七点上班，提前十分钟起床得了，但不要自欺欺人地说你喜欢这样。这不是一件乐事，你心里明白。

另外，也不要信冷水澡那一套，你小的时候从不这样做，现在也犯不着当这种傻瓜。假如你必须洗澡（你其实真不需要），那就洗温水吧。从冷飕飕的床上爬起来，跑去洗个热水澡可谓其乐无穷，不知要胜过冷水澡多少倍。不管怎么样，可别为你泡过的澡或洗过的"淋浴"大吹其牛，好像世界上只有你洗过澡似的。

关于这点就说这么多。

接下来我们谈谈细菌和杆菌的问题。不要害怕它们。有这点就够了。事情就这么简单，一旦你做到了这一点，那你就再也不用为它们忧心忡忡了。

你要是遇到一个杆菌，径直走上去好了，就盯着它的眼睛。假如有一个杆菌飞进了你房里，用你的帽子或毛巾狠狠抽它一顿。点着它的脖子和喉咙间抽吧，能抽多重就抽多重。过了不多久它就会受不了的。

不过，说老实话，要是你不害怕它的话，杆菌是一种很文静而且无害的东西。跟它说说话吧。对它说："躺下。"它会懂的。我曾经养有一个杆菌，叫作"费多"，我干活的时候，它会走过来躺在我的脚边。我还从没结识过比它更重情义的朋友哩。在它被一辆汽车压死之后，我把它埋在了花园里，心里好不伤心。

（我承认这么说有点儿夸张。我并不是真的记住了它的名字，它说不定叫"罗伯特"。）

要明白，所谓霍乱、伤寒和白喉是由细菌和杆菌引起的，这不过是现代医学的臆想而已，纯属无稽之谈。霍乱是由腹部剧疼引起的，白喉则是治喉痛的结果。

现在我们来谈谈食物的问题。

想吃什么就吃什么好了。放开肚皮吃吧。是的，毫无顾忌地吃。一直吃到你要摇摇晃晃才能走到房子的那一头，一直吃到要用沙发靠垫撑住身子才行。爱吃什么就吃什么，直吃到再也塞不下去才罢休。唯一要考验的是，你能不能付得起钱。假如你付不起这钱，那就别吃。听着——别担心你的食物里是否含有淀粉、蛋白质、麦质或氮元素。假如你实在傻到家了，非要吃这些东西，那就去买吧，想吃多少就吃多少。可以去洗衣店买一大袋淀粉来，想吃就吃他个够。好好吃吧，吃完之后再大喝一顿胶水，外加一小勺波特兰水泥。这能把你粘得结结实实的。

假如你喜欢氮，可以到药店的苏打柜台买一大听来，用吸管好好消受一番。只是不要以为这些东西可以和你别的食物混起来吃。通常的食品中可没有氮、磷或蛋白。在任何一个体面的家庭里，所有这些东西在上桌之前早就被冲洗在厨房的洗碗槽里了。

最后再就新鲜空气和锻炼的事儿说几句。不要为它们任何一样烦恼。把你的房间装满新鲜空气，然后关起窗户把它贮藏好。它能存上好多年哩。不管怎样，不要每时每刻都用你的肺。让它们休息休息吧。至于说锻炼，假如你非锻炼不可的话，那就去锻炼并且忍受它吧。不过要是你有钱雇用别人为你打棒球、跑步或进行其他锻炼，而你坐在阴凉处抽烟并观看他们——天哪，那你还有什么可求的呢？

新型食品

[加拿大] 里柯克

我从报纸的时事专栏里读到这样一条新闻："芝加哥大学的普拉姆教授最近发明了一种高浓缩食品。人体所需的所有营养成分都被浓缩在一粒粒小丸里，每粒小丸的营养含量相当于一盎司普通食物的一至两百倍。通过加水稀释，这种小丸能形成人体必需的各种养分。普拉姆教授自信此发明能给目前的食品结构带来一场革命。"

就其优点而言，这种食品也许是再好不过的，但是它也有其不足之处。我们不难想象，在普拉姆教授所憧憬的未来岁月里，或许会有这样的事故发生：

喜洋洋的一家子围坐在热情好客的餐桌边。桌上的摆设可丰盛啦，每一个笑盈盈的孩子面前都摆着一个汤盘，容光焕发的母亲面前摆着一桶热水，桌子的首席则摆着这个幸福家庭的圣诞大餐——它被放在一张扑克牌上，还用一枚顶针毕恭毕敬地罩着哩。孩子们交头接耳地企盼着，一见父亲站起身来，他们马上鸦雀无声了。那位父亲揭开那个顶针，一颗小小的浓缩营养丸赫然亮了出来，就在他面前的扑克牌上。哇！圣诞火鸡、野樱桃酱、梅子布丁、肉末馅饼——应有尽有，全在那儿，全浓缩在那颗小小的丸子里，就等着加水膨胀啦！那位父亲的目光在丸子和天堂之间打了几个来回，接着他怀着发自内心的虔敬开始大声祝福。

就在这时候，那位母亲发出一声痛苦的尖叫。

"噢，亨利，快！宝宝把丸子抓走了。"千真万确。他们的宝贝儿子古斯塔夫·阿道尔夫斯，那个金发小家伙，从扑克牌上一把抓起了整个圣诞大餐饼把它塞进了嘴里。三百五十磅浓缩营养，从那个不知天高地厚的孩子的食管溜地滚了下去。

"快拍拍他的背！"那位慌了神的母亲叫道，"给他喝点儿水！"

这一想法可是要命的。那粒丸子一见水便开始膨胀了。先是一阵闷闷的咕噜声从小宝贝肚里传出来，紧接着是一声可怕的爆炸——古斯塔夫·阿道尔夫斯被炸成了碎片。

当家人们把孩子小小的尸体拼凑起来的时候，竟有一丝微笑在他那张开的双唇上流连不去，只有一口气吃下去十三份圣诞美餐的孩子，才会有这样的微笑。

懒汉克辽尼和铜城的故事

节选自《一千零一夜》

赫鲁纳·拉德执掌哈里发权柄时，有一天，他在大殿中听取大臣的朝呈。一个小太监突然平捧一顶镶满各式各样名贵宝石的纯金王冠，到御前跪下，吻了地面，奏道："启禀陛下，祖白绿王后问候陛下。她说陛下已经知道，她为陛下做的这顶王冠，冠顶端还需要一颗硕大的宝石作为装饰，但她自己无论如何也找不出一颗合意的，因此请陛下给她想个办法。"

听了王后的请求，大国王哈里发吩咐侍从道："去，立即去找一颗硕大的宝石，拿来交给王后。"

侍从急忙按照王后的要求，四处寻找，可是翻遍了整个宝库，即始终找不到一颗合适的，只得惶惶不安地据实回奏大国王。哈里发听了大为失望，闷闷不乐，自言自语道："连一颗让王后满意的宝石都没有，我怎么配做哈里发？怎么还能称万王之王呢？你们这些该死的家伙！赶快给我到集市上去搜购吧。"

侍从们奉了王后，急忙赶到集市去购买，但商人们却说："陛下需要宝石，找找巴士拉的艾博·穆罕默德·克辽尼①吧。"

大国王哈里发听了，吩咐宰相张尔凡写信给巴士拉城执政官穆罕默德·苏贝德，命他把艾博·穆罕默德·克辽尼送到京城晋见大国王。

宰相张尔凡照哈里发的旨意写了一封信，打发大国王哈里发的掌刑官马什伦前去送信。马什伦带着书信，快马加鞭赶到巴士拉，找到执政官穆罕默德·苏贝德，呈上书信。苏贝德为马什伦洗尘欢迎，百般尊敬他，恭敬地手捧书信读了一遍，说道："听明白了，谨遵吩咐。"于是下令随从带马什伦去艾博·穆罕默德·克辽尼家中找他。

马什伦和苏贝德的随从一起来到克辽尼，一敲门，一个仆从应声开门。马什伦对他说："告诉你们主人，大国王哈里发召他晋见，有事吩咐他。"仆人进去报告。

不一会儿，克辽尼闻讯，匆匆跑来，见马什伦和苏贝德的随从仍站在门外，赶忙跪下行礼，说道："恭迎大驾，请里面坐吧。"

"我们不能再耽搁了，必须赶快回京，大国王哈里发还等着你呢。"

"请各位静候片刻，待我收拾一下行李。"

克辽尼再三恳求，费尽唇舌，众人才随他进屋去。只见走廊中挂着绿色的金线刺绣的缎子帷幕，装饰豪华富丽。克辽尼吩咐仆人引客人到家中的澡堂里沐浴。澡堂中，墙壁镶金嵌银，还有名贵的云石，浴池中混着蔷薇水。仆人们侍奉殷勤。浴毕，每人另配一套绣金衣服，这才请进客厅。

克辽尼头上戴着镶满珠宝玉石的头巾，坐在厅中，厅里到处用丝绸装饰，一应家什、摆设都嵌镶着金银、珍珠、宝石，富丽堂皇，光彩夺目。主人请马什伦坐下，吩咐摆筵。只见杯盘碗盏全是镶金瓷器，盛着各式各样令人垂涎欲滴的山珍海味，琳琅丰盛。马什伦眼看这种铺张的排场，暗自叹道："哟！这样的筵席，即使是在大国王哈里发宫中，也难得一见。"随后觥筹交错，宾主开始畅饮到夜深。酒足饭饱后，每人得到五千金币的礼钱，才尽欢而散。

第二天，克辽尼又送给客人们每人一套绣金蓝袍，招待仍然殷勤丰厚。马什伦不由催促起来，要他赶快启程，说道："以哈里发的名义，我们可不能再耽搁了。"

"我的主人，"克辽尼说，"务请再等待一天，待明天我准备妥帖，就可以动身随你进京了。"

第三天，一切准备妥当，克辽尼骑上仆人牵来的骡子。那骡子金鞍银辔，嵌着珠宝玉石。他意气风发地随马什伦上路。马什伦眼看他仍如此铺张，私下想："瞧，他若这样一副打扮去宫里，大国王哈里发一定得追问他致富的原因。"他们辞别苏贝德，率领仆从，离开巴士拉，踏上旅程，日夜兼程向京城进发。

到了巴格达，克辽尼在马什伦的陪同下，进宫谒见哈里发。他坐在哈里发的身旁，毕恭毕敬地和哈里发谈话，说道："启禀陛下，我带来了一点儿薄礼，作为您的忠实奴仆，打算呈献给陛下，以表寸心。"

"好呀，你拿出来看看吧。"

克辽尼得到允许，吩咐仆人抬上一个箱子，在哈里发的面前打开，取出几件珍贵的摆设，其中一株金树，纯金打造的枝干，翡翠做的绿叶，用珍珠宝石雕做果子，玲珑逼真，非常别致。然后他吩咐仆人抬上第二口箱子，取出一个绸缎帐篷，上面镶满各种名贵的珍珠宝石，绣着各种飞禽走兽，耀眼夺目，华贵无比。哈里发看见这种举世无双的礼物，笑逐颜开，非常高兴。

"陛下。"克辽尼说，"我把这些礼物奉献给陛下，可不是有什么私心或者企图。其实是因为我想，自己是一个普通人，这样的东西，只有陛下您才配享用。如果陛下允许，我还可以在陛下面前表现自己的一点儿微薄技艺。"

"你想做什么就做吧，看看你的特长也好。"

"听您的吩咐。"

克辽尼鼓起嘴巴，嘴唇上下努动，举手一招，宫墙上的雉堞便慢慢移到他面前，然后他举手一挥，雉堞又回到原地。接着，他眨眨眼，面前突然出现一幢宫殿。他一开口说话，宫内的鸟儿便与他交谈起来。

哈里发看到这种情景，十分惊奇，问道："你这种本领是从哪儿学来的？从前只知道你叫懒汉艾博·穆罕默德，却不知道你有如此惊人的绝技。听说你父亲是澡堂中做推拿按摩的，并没有留下什么遗产给你，可是你怎么会比我还富有呢？"

"陛下，请听我说吧！我的经历真是离奇。要是记录成书，可以让后人引以为鉴呢。"

"好的，克辽尼，你就讲给我听吧。"

"陛下，愿您长命百岁，永享福寿。人们叫我懒汉，先父也不曾留下一点儿遗产给我，这都是事实。我父亲原本没有做过大事，他一生都在澡堂中替人按摩。我小时候，真算得上是天下第一懒人。我懒到如此不堪的程度，就算是睡在烈日下，被晒得汗流浃背，也懒得挪动身子，到阴凉地方去。我就是在那种情况下，浑浑噩噩度了十五个春秋。先父去世时，不曾留下一些财产，我家境贫寒，全靠我母亲在外面做女佣维持生计，我自己却一天到晚躺着不动。

"有一天，我母亲拿着五个银币，到床前对我说：'儿啊，听说长者艾博·木朱尔要去中国做生意，他是个好心人，心地善良，一向怜悯孤苦伶仃的穷人。这儿有五个银币，你快起来，跟我一起去见他，求他帮助你，用这五块钱买中国货带回来。或许，咱们能赚几个钱糊口。'

"当时我不以为然，懒得起身。我母亲生气了，发誓说，要是我不起来随她去，她就不再管我，一辈子不再搭理我，让我饿死算了。

"听了母亲的话，我知道因为我太懒惰的缘故，惹得她非常生气，于是哀求着说：'妈！扶一扶我吧。'她于是扶我起来。我说：'帮我把鞋子拿来吧。'她于是拿来鞋子。我说：'替我穿上吧。'于是她又把鞋子套在我脚上。我说：'抱我下床吧。'她把我抱下床。我说：'搀着我走吧。'她搀着我慢吞吞一步一挪地来到海边，找到老人的家，她向老人打个招呼，问道：'你老人家是艾博·木朱尔吗？'

"'是呀，你有什么事？'

"'这是五个银币，烦劳您老人家帮帮我的儿子，为我们买几件中国货带回来，借您老人家的福泽，也许我们能赚几个钱呢。'

"'你们认识这个小伙子吗？'艾博·木朱尔问同伴们。

"'认识，他叫艾博·穆罕默德·克辽尼，可是我们从来没见他出过门，今天算是打破常规了。'

"'以真主的名义，孩子，把钱给我吧。'于是他收下五个银币，我和母亲就此告别。他和伙伴们则乘船远航而去。

"艾博·木朱尔和他的同伴一帆风顺地航行，很快到了中国，卖掉带去的货物，采购了一些土特产，然后他们办好各种手续，启程回国。在海洋中航行了三天之后，艾博·木朱尔突然对同伴们说：'赶快停船。'

"'有什么事吗？'同伴们问他。

"'你们知道，我把艾博·穆罕默德·克辽尼托我的事情忘了，我们

还是转回去，替他买几件有利可图的货吧。'

　　"'你别让我们往回走吧，我们已经在海上漂泊了三天，吃的苦头已经够多了。'

　　"'我的义务没有尽到，不掉头回去怎么成呢？'

　　"'我们还是别走冤枉路了。我们凑一下，抽出比五个银币多几倍的钱给他好了。'

　　艾博·木朱尔听从伙伴们的建议，同意如此。于是大家为他慷慨解囊，捐献出一笔款。船继续往阿拉伯航行，途经一个岛屿，岛上人烟稠密，他们便停下船登陆，收购矿石、珍珠、海贝和其他的土特产。一个当地人牵着一群猴子，其中有只秃毛的，经常受到同类的欺侮，主人稍不留神，它们便一哄而上，把它推到主人身上。主人一生气，少不了打它一顿，把它四肢捆起来，不准它动弹，这只猴子很可怜。艾博·木朱尔看到这种情景，恻隐之心油然而生，对它的主人说：'这只猴子卖给我吧？'

　　"'你要买，我当然愿意卖给你。'

　　"'我身边有别人的五个银币，你愿意以五个银币的价钱，把猴子卖给这银币的主人吗？'

　　"'好呀，愿真主因它而赐你福寿。'

　　"艾博·木朱尔付了钱，把猴子交给仆人，拴在船中，于是扬帆启锚，继续航行。

　　"路经一个小岛，他们又停船上岸。商人们纷纷出钱，请当地土人潜到海底，帮他们打捞珍珠和海产。那只猴子看到有许多人潜水，自己解开脖子上的绳索，跃入水中，潜到海底。艾博·木朱尔见猴子跳到海中，不禁悲哀地叹道：'唉，这真是个劫难，我替那可怜人买的一只猴子也没了！'

　　"商人们同声叹息，深为同情，一个个都以为猴子丢了，替艾博·木朱尔感到难过。过了一会儿，潜水捞珠的人一个一个陆续回到岸上，那只猴子竟然也随他们一起钻出水面。它双爪握满名贵的珍珠，窜到艾博·木朱尔面前，把珍珠抛在地上。艾博·木朱尔万分惊异，说道：'这只猴子真是不可思议，还很有用处呢。'

"商人们带着珠宝，扬帆启航，向归途航行。路经一个叫祖努基的岛屿，上面住着好吃人肉的野人。船刚到岸，就被野人团团围住。商人们全都被抓住，当天就让野人吃掉几个，其余的被紧缚着慢慢等死。他们感到恐惧、愁苦，大家面面相觑，认为这次活不成了。可是到了夜里，那只猴子偷偷来到艾博·木朱尔面前，替他解了绳子。其余的人见此情景，齐声说道：'艾博·木朱尔，借你的手来拯救我们吧。'

"'你们各位要记住，凭着主的意愿，我们能够得救，全是依靠这只猴子。现在我决定捐给它一千金币呢。'

"'如果我们平安脱险，大家都愿意捐给它一千金币。'

"那只通人性的猴子立刻过来，一个一个依次解了他们的绳索。他们恢复了自由，悄悄地逃到海滨，见船仍然靠在岸边，丝毫无损，便急急忙忙上船，迅速升起帆，全力以赴地逃跑。

"到了安全地带，艾博·木朱尔对商人们说：'各位朋友！大家应当遵守诺言，把认捐给猴子的钱拿出来吧。'

"'当然，这就给你。'

"于是，每人捐出一千金币，猴子为此挣得了一笔巨款，由艾博·木朱尔代为保管。一路上商船顺流而行，终于平安回到巴士拉。商人们受到亲朋好友的热情迎接。艾博·木朱尔一上岸就问道：'艾博·穆罕默德·克辽尼在哪儿？'

"消息传到我母亲耳里，她跑到我床前对我说：'儿啊，艾博·木朱尔已经回来了！你快起来去见他，向他致意，看他给你捎来什么。也许真主会给你点儿什么，使你赚点儿小钱呢。'

"'妈，'我说：'抱我下床，搀着我出门，我们到港口去见他去。'

"我拖拖拉拉，慢吞吞、懒洋洋地来到港口，走到艾博·木朱尔面前。他一见我便说：'祝福你，我的孩子！凭着主的意愿，你的钱不仅救了我的性命，而且让所有的人都脱离了绝境，'他接着说：'这只猴子，是我替你买来的，你先带回家，过一会儿我上你家来，把实情告诉你。'

"我把猴子牵回家，边走边想：'向真主起誓，这可是很奇怪的商品哩！'到了家中，我对母亲说：'妈！我要好好睡觉，你却非让我起来做买卖，现在请你看看这奇怪的货物吧。'我大失所望，无精打采地待在家里。

"一会儿，艾博·木朱尔的仆人熙熙攘攘挤到我家里，问道：'你是艾博·穆罕默德·克辽尼吗？'

"'不错，我就是克辽尼。'我说。这时候，长者艾博·木朱尔出现在他们身后。我赶忙起身迎接，吻他的手，他对我说：'来，到我家里去吧。'

"'好的，这就走。'我答应着随他去到他家里。他吩咐仆人拿出许多钱币，对我说：'孩子，这是你那五个银币赚来的利润。'于是他把钱装在箱中锁起来，把钥匙递给我，吩咐仆人抬上箱子，然后对我说：'这些钱都是你的，带着他回家去吧。'

"我遵照艾博·木朱尔的吩咐，领仆人把钱带回家中。

"我母亲突然看见有了那么多金钱，喜不自禁，非常高兴，说道：'儿啊，从此你别再一天到晚懒洋洋，振作起来，还是上市场去做买卖吧。'

"我听从母亲的话，打起精神，一改往日的懒惰习气，在集市开了一间铺子，做起生意来。那只猴子一直跟着我，饮食起居都和我在一起。不过它每天一大早都要出去一趟，耽搁到正午才回来，每次总要带回一个足有一千金币的钱袋，规规矩矩地放在我面前，然后陪我坐在铺中，看我做生意。这种情况持续了很长时间，我的财富越积越多，竟然成了富翁。于是我广置房屋田产，买了奴仆车马，过上富足快乐的有钱人的生活。

"一天，我和猴子照常坐在铺中做买卖，它突然抬头东张西望，一反常态，情形显得很古怪，叫人莫名其妙。我暗自想着：'发生了什么事了？'我正摸不着头脑的时候，猴子突然说起人话来，喊道："'艾博·穆罕默德！'我听了顿时吓得魂飞魄散，不知所措。

"它接着对我说：'你别害怕，我告诉你真实情况。你知道，我其实是一个神仙，因为过去你的处境艰难，我才前来帮助你的。现在你已经成为富翁，你手中的钱财如山，多得连你自己也不清楚数目。现在我给你一个建议，如果你照我说的去做，会给你带来意想不到的好处呢。'

"'你有什么要我帮忙的吗？尽管谈吧。'

"'我打算把一个月儿般美丽的女郎嫁给你为妻。'

"'怎么会有这种事？告诉我吧，到底是怎么一回事？'

"'明天你要穿上最华丽的衣服，骑着配有金鞍银辔的骡子，在卖粮的集市中找到瑟律普的铺子，去和他谈谈，对他说，我希望娶令爱为妻，因此前来求婚。如果他说你太穷，或嫌你地位不够，门第不高，你就送他一千金币。他要是嫌少，你可不断增加，拿钱证明给他看。'

"'好的！'我说。

"于是，我在第二天，穿上最华丽鲜艳的衣服，跨上配着金鞍银辔的骑骡，身后拥着十个仆人，到卖粮食的集市中，找到瑟律普的铺子。我见他坐在铺中，便下马趋前问候，坐下和他谈起来。

"他对我说：'你到这儿来，有何贵干？我能帮上你什么忙吗？'

"'不错，我是有事请求你。'

"'什么事情？'

"'我希望娶令嫒为妻，特意来向你求婚。'

"'你一没有钱，二没有名望，门第又不高，怎么配得上我的女儿呢？'

"我从腰缠里掏出装有一千金币的钱袋，双手捧着递给他。说道：'这是送你的，拿去用吧。就当这是我的名望和门第吧。古人说得好：

谁的手里有银币，

他便能花言巧语、信口开河，

亲朋好友也甘愿他摆布，

视他高人一等，

只因金钱给他点缀、粉饰，

才不致在人前原形毕露，窘迫不安。

因为富人即使胡言乱语，

也能招来阿谀奉承，

金钱是金科玉律，

穷人赤诚坦白的金玉良言，

却遭人们讥笑、鄙夷，

被诬为无稽妄语。

时不论上下古今，

地不分东西南北，

只有金钱财富，

才会使人威严美丽，

呵！金钱！诡辩者的舌头，

杀人放火者的利器。'

"我吟读一段古人的诗句，瑟律普听了，低头沉思不语。一会儿，抬头对我说：'你如果真想跟我的女儿结婚，给我三千金币的财礼。'

"'好啊，就照你说的办。'我满口答应，吩咐仆人回家取来三千金币，恭敬地送给他。钱一到手，他一骨碌爬起来，吩咐家仆锁好店门，邀约几个朋友一起来到我家，在证人面前写下婚书，对我说：'十天后举行婚礼好了。'

"我满心欢喜，得意扬扬地背着家人，悄悄地对猴子叙说，告诉它求婚的经过。当时它夸赞说：'你做得很好！'

"后来到了临近结婚的日子，猴子对我说：'我有一桩事请求你，如果你替我做了，那么什么事情我都听你的吩咐。'

"'什么事？你说吧。'

"'在新娘子的洞房旁边，有一间贮藏室，门上的铜环下有一把钥匙，你转动钥匙，开门进去，里面放着一个铁箱，四角插着画有符咒的旗帜，箱中有盛满金钱的托盘，周围缠绕着十一条小蛇，盘中还有只绑着脚的白冠大公鸡，旁边摆着一把刀子。你拿那把刀子，宰掉雄鸡，划破旗帜，再掀翻铁箱。这就是我对你唯一要求的事。'

"'好吧，我一定照办。'我不假思索就答应了，随即去瑟律普家中，先找到猴子告诉我的那间贮藏室，然后和新娘见面。我的新娘如花似玉，有沉鱼落雁之容，闭月羞花之貌。她的美丽窈窕难以言传，我不由得又是惊讶，又是欢喜。

"当天夜里，待新娘睡熟了，我悄悄地起来，蹑手蹑脚地取下钥匙，开了贮藏室，宰了雄鸡，划破旗帜，掀翻铁箱，照猴子所说的一切做了。不料就在这个时候，新娘惊醒过来，发现贮藏室被打开，公鸡被杀死，惊

叫道：'完了，没法子了！快拯救我吧！我就要被妖怪掳走了。'

"新娘刚说完，整个屋子就被一群妖怪围起来，在一片恐怖的喧嚣声中，新娘被攫走了。随后瑟律普痛心疾首地跑到我面前，嚷着：'艾博·穆罕默德！你做的好事？难道你就是这样照顾我的女儿的吗？为了保护我的女儿不被鬼怪掳走，我求神在贮藏室中设置了这道符咒。那个凶残的妖怪六年前就想方设法，要抢走我的女儿，可是因为符咒保护，一直没有得逞。现在一切都让你给搞糟了！我们家里没有你待的地方，你快给我滚吧！'

"'我从瑟律普家中出来，垂头丧气地回到自己的家，猴子不见了。我四处找寻，却始终不见它的踪影，我这才恍然大悟，原来这只猴子就是前来劫夺我妻子的妖怪。我知道自己中了它的诡计，杀了大公鸡，破坏符咒，亲手替它清除了劫夺我妻子的障碍，我都做了些什么呀？我万般懊恼，气得捶胸顿足，撕破衣服，抽打面颊，坐也不是，站也不是。

"后来我离开家，来到荒郊野外，漫无目的地到处游荡，不知该到哪里去才好。我正迷迷糊糊，走投无路的时候，忽然看到前面有一褐一白两条蟒蛇在搏斗，我随手拾起一块石头，猛掷了过去，刚巧把那条凶暴的褐蛇打死了。白蛇得以脱身而逃。

"过了一会儿，那条白蛇又出现了，身后尾随着另外十条白蛇。它们围着褐蛇的尸体，一起噬咬，把褐蛇咬得支离破碎，只剩下一个脑袋，这才得意扬扬地四散爬开。我看到这种情景，十分诧异，猛地感到头昏眼花，一个趔趄，便倒在地上，躺着正伤心绝望之时，我突然听见远处仿佛有人吟唱：

'抛开命运的束缚，
才能无拘无束地翱翔。
静夜里你敞开胸怀，
安详地抱枕安眠，
不必顾虑重重。
因为转瞬间你一觉清醒，

神会使乾坤转变。'

　　"听了这样的吟诵之后，我的心越发不安，左右张望，百思不得其解。忽然身后又有人高声吟道：

　　　　神给你带来福泽，
　　　　是你的引路人，
　　　　它能使你欢乐幸福。
　　　　妖鬼的欺诈利用无足轻重，
　　　　因为我们是高尚的人类，
　　　　我们有崇高的信念。'

　　"听了吟诵的声音，我不由自主地说道：'歌吟的人呀，告诉我吧，你是谁？'

　　"我刚一说完，眼前突然出现了一个人，他说道：'你别害怕，我们是善良的神，曾经受过你的恩惠。如果你有什么愿望，只要告诉我们，我们一定效犬马之劳，使你实现自己的愿望。'

　　"'我正遭受灭顶之灾，我的愿望你真能实现吗？世上还有谁遭受我这样的苦难呢？'

　　"'大概你就是艾博·穆罕默德·克辽尼吧？'

　　"'不错，我就是克辽尼。'

　　"'我是刚才那条白蛇的兄弟。你杀死了它的宿敌，替它解了围。我们是一母同胞的四个手足兄弟，我们十分感激你的恩情。你要知道，那只欺骗利用了你的猴子是一个妖怪，它是为了能掳走瑟律普的女儿，才如此精心设计来利用你的。多年以来，它一直企图抢走她，可是因为那道符咒的阻挡，始终没能得手。如果你不破坏那道符咒，它是无法接近你的妻子的，你不要再为这件事而烦恼忧愁。为了报答你的恩情，我们会帮助你杀死妖怪，找回妻子的。'

　　"他说罢，大喊一声，如晴天霹雳，他的部下便应声出现在他面前。

他问部下猴子的去向，其中有个回答说：'我知道它在哪儿。'

"'它住在哪儿？'

'它住在铜城里，那里终年见不到太阳。'

"'艾博·穆罕默德！'蛇神对我说，'让他们中的一个背着你前去寻找，他会教你如何救出妻子的。不过背你的也是个妖怪，在去的路上，你可千万不能对他提神的名字，否则他扔掉你逃去，你会被活活地摔死呢。'

"'好的，我记住了。'

"于是他的部下中的一个走到我面前，弓起身子，说道：'跨在我背上吧。'他背着我飞离大地，直上高空。我看到天上的星星像山峦一般巨大，听见天神们不断地赞颂。他背着我飞在云端，指给我看各种神奇景象，并一一作了解释，还忠告我不可说出神的尊名。

"正当我们在天上飞行的时候，谁料突然出现一个怪人。他身穿绿袍，面孔发光，披头散发，手持火星四溅的利刃，来到我面前，说道：'艾博·穆罕默德，你快念诵信仰箴言吧，否则，我就用这把利刃杀死你。'我十分害怕，忘记了禁止赞颂神的警告，应声念道：'神是唯一的主宰，穆罕默德是他的使徒。'

"我刚念到这儿，怪人就举起利刃在虚空中一晃，妖怪立刻化为灰烬，我也从空中跌下，落到波涛汹涌的海洋中。幸亏附近驶来一只小船，船中五个水手把我救起来。他们跟我叽叽喳喳说些什么，可我不懂他们的话，不知所以，只能比手画脚一番。他们带着我航行，捕上些鱼，烤熟了给我吃。

"我和他们在海中航行了三十多天，最后靠岸，他们带我进城，引我去见国王。我见到国王，跪下去吻了地面，不想国王懂得阿拉伯语，并非常欢迎我到来，还赏赐我衣服，说道：'从此你就作我的随从好了。'

"'这座城市叫什么名字？'我问国王。

"'这座城市叫胡诺督，属于中国。'

"国王让宰相带我游览城市，据说那座城市的居民曾是邪教徒，因而受到上天惩罚，全都变成石头。我在城中四处游逛，看见林木繁茂。

"我就住在城中，转眼就是一个月。有一天，我出城来到郊外，坐在河畔歇脚，迎面来了一个骑士，一见我便问：'你是艾博·穆罕默德·克辽尼吗？'

"'不错，我就是克辽尼。'

"'你可知道，我们曾受过你救命之恩。'

"'你是谁？'

"'我是那条白蛇的兄弟。现在你已经离你的妻子不太远了。'他脱下衣服，披在我身上，还说道：'你别担心，那个被烧成灰的妖怪只是我们手下的一个奴仆而已。'于是他让我骑在他背上，带我飞到一处山边，对我说：'顺着两山之间的峡谷向前走，就能到达铜城，在那儿我再告诉你如何进城吧。'

"'好，我听你的吩咐。'我照他说的在峡谷中一直向前走，来到城下，果然发现城墙是铜筑的。我顺着城墙兜了一个圈子，却找不到城门。这时候白蛇的兄弟突然重新出现，施法术使我隐身，不让人看见，又给我一把画有符咒的宝剑，然后转身离去。不久，我身旁响起一片嘈杂的尖叫声，出现许多古怪的人，眼睛都长在胸膛上，他们却能看见我，这些人问道：'你是谁，是谁把你扔到这儿来的？'

"我如实告诉他们自己的情况。他们听了，说道：'我们是白蛇的部下，你所说的被猴妖劫入城的那个姑娘，我们不知道她现在怎么样了。前面有一道清泉，你顺着水流的方向走，就可进入城中。'

"我依照他们的指点，随着流水，经过地下水道，果然进入城中。我见妻子正斜倚在一张金交椅上，周围用缎帘遮挡着，近旁有一座花园，里面长满金树叶、翡翠叶的树木，结满宝石、白玉、珍珠、珊瑚。妻子见到我，喜形于色，问道：'我的主人啊！是谁把你带到这儿来的？'

"我向她叙述别后的遭遇。她听了说：'你要知道，这个该诅咒的妖魔，他十分爱我，不管是对他有利还是对他有害的事都告诉我了。他说城中有一道符咒，他可以用它毁掉整座铜城，只要他一声令下，这里所有魔鬼全都听他的吩咐。他说那道符咒藏在一根柱子的顶上。'

"'那柱子在什么地方？那符咒到底是什么样的？'

"她把柱子指给我看，说：'符咒是鹰形的，上面写着咒语，但我不知道确切写的是什么。你快去把它取下来，扔进火炉，点燃麝香，等到青烟升起，便会出现一群魔鬼，它们对你会毕恭毕敬的，你吩咐什么，他们都会毫不犹豫地去做。凭着神的名义，快去取下符咒，照我说的去试一试吧。'

"'好，我这就去。'我依言走到柱前，按照妻子的吩咐去做，果然立刻招来一群魔鬼，齐声说道：'我们前来听命，主人！我们都是你的奴仆，你请吩咐吧。'

"'去把劫掠我的妻子的妖怪给我绑起来。'

"'是，主人。听您的差遣。'

"他们呼啸而去，不一会儿工夫就把妖怪五花大绑着，带到我面前，说：'我们遵命把他绑来了。'我把这群魔鬼打发走，然后回到妻子身旁，给她讲了取符的经过，最后说道：'我的爱人！和我一块儿回家去吧！'

"'好，我们这就一块儿走吧。'

"我带她钻入地下水道，顺原来的路走出铜城，回到那个属于中国的城里，请国王送我们回家。国王命人带我们来到港口，安排了一只帆船。一路顺风，我们回到巴士拉。

"回到家中，妻子去探望她的父母，彼此感到十分高兴。然后，我燃起麝香，烧了符咒，那群魔鬼霎时出现在我面前，说道：'我们前来候命，要我们做什么？只管吩咐吧。'

"我吩咐他们把铜城中所有的金银、珠宝、锦帛、绸缎全部如数搬到我家里。他们遵照命令搬来以后，我又吩咐他们把猴子带来听我发落。

"不一会儿，他们把那只卑鄙奸诈的猴子押来，我指着它痛骂道：'你这该死的妖怪！你为什么欺骗我？'随即下令把它禁闭起来，于是群魔拿来一个铜质胆瓶，把它塞进去，拿锡封上瓶口，把它永远禁锢起来。

"从此以后，我和妻子和和美美地过着幸福的生活。直到今天，我家里库存的金银、珠宝、锦帛、绸缎仍然是不计其数。陛下，您若有什么需要，我可以招来鬼仆，听您的吩咐。这一切全是神的赏赐呀。"

大国王哈里发赫鲁纳·拉德听了艾博·穆罕默德·克辽尼非凡的经

历，非常惊喜。为了答谢他的忠心和厚礼，赏赐给他几件御用珍品。从此，艾博·穆罕默德·克辽尼移居巴格达城，在哈里发的庇护下，和妻子过着幸福美满的生活，而且长命百岁。

[注释]
①克辽尼：懒汉之意。

小克劳斯和大克劳斯

[丹麦] 安徒生

从前有两个人住在一个村子里。他们的名字是一样的——两个人都叫克劳斯。不过一个有四匹马，另一个只有一匹马。为了把他们两人分得清楚，大家就把有四匹马的那个叫大克劳斯，把只有一匹马的那个叫小克劳斯。现在我们可以听听他们每人做了些什么事情吧，因为这是一个真实的故事。

小克劳斯一星期中每天要替大克劳斯犁田，而且还要把自己仅有的一匹马借给他使用。大克劳斯用自己的四匹马来帮助他，可是每星期只帮助他一天，而且这还是在星期天。好呀！小克劳斯多么喜欢在那五匹牲口的上空啪嗒啪嗒地响着鞭子啊！在这一天，它们就好像全部已变成了他自己的财产。

太阳在高高兴兴地照着，所有教堂塔尖上的钟都敲出做礼拜的钟声。大家都穿起了最漂亮的衣服，胳膊底下夹着圣诗集，走到教堂里去听牧师讲道。他们都看到了小克劳斯用他的五匹牲口在犁田。他是那么高兴，他把鞭子在这几匹牲口的上空抽得啪嗒啪嗒地响了又响，同时喊着："我的五匹马儿哟！使劲儿呀！"

"你可不能这么喊啦！"大克劳斯说，"因为你只有一匹马呀。"

不过，去做礼拜的人在旁边走过的时候，小克劳斯就忘记了他不应该说这样的话。他又喊起来："我的五匹马儿哟，使劲儿呀！"

"现在我得请求你不要喊这一套了，"大克劳斯说，"假如你再这样说的话，我可要砸碎你这匹牲口的脑袋，叫它当场倒下来死掉，那么它就完蛋了。"

"我决不再说那句话，"小克劳斯说。但是，当有人在旁边走过、对他点点头、道一声日安的时候，他又高兴起来，觉得自己有五匹牲口犁田，究竟是了不起的事。所以他又啪嗒啪嗒地挥起鞭子来，喊着："我的五匹马儿哟，使劲儿呀！"

"我可要在你的马儿身上'使劲儿'一下了。"大克劳斯说，于是他就拿起一个拴马桩，在小克劳斯唯一的马儿头上打了一下。这牲口倒下来，立刻就死了。

"哎，我现在连一匹马儿也没有了！"小克劳斯说，同时哭起来。

过了一会儿他剥下马儿的皮，把它放在风里吹干。然后把它装进一个袋子，背在背上，到城里去卖这张马皮。

他得走上好长的一段路，而且还得经过一个很大的黑森林。这时天气变得坏极了。他迷失了路。他还没有找到正确的路，天就要黑了。在夜幕降临以前，要回家是太远了，但是到城里去也不近。

路旁有一个很大的农庄，它窗外的百叶窗已经放下来了，不过缝隙里还是有亮光透露出来。

"也许人家会让我在这里过一夜吧。"小克劳斯想。于是他就走过去，敲了一下门。

那农夫的妻子开了门，不过，她一听到他这个请求，就叫他走开，并且说她的丈夫不在家，她不能让任何陌生人进来。

"那么我只有睡在露天里了。"小克劳斯说。农夫的妻子就当着他的面把门关上了。

附近有一个大干草堆，在草堆和屋子中间有一个平顶的小茅屋。

"我可以睡在那上面！"小克劳斯抬头看见那屋顶的时候说，"这的确是一张很美妙的床。我想鹳鸟绝不会飞下来啄我的腿的。"因为屋顶上就站着一只活生生的鹳鸟——它的窠就在那上面。

小克劳斯爬到茅屋顶上，在那上面躺下，翻了个身，把自己舒舒服服地安顿下来。窗外的百叶窗的上面一部分没有关好，所以他看得见屋子里的房间。

房间里有一个铺了台布的大桌子，桌上放着酒、烤肉和一条肥美的鱼。农夫的妻子和乡里的牧师在桌旁坐着，再没有别的人在场。她在为他斟酒，他把叉子插进鱼里去，挑起来吃，因为这是他最心爱的一个菜。

"我希望也能让别人吃一点儿！"小克劳斯心中想，同时伸出头向那窗子望。天啊！那里面有多么美的一块糕啊！是的，这简直是一桌酒席！

这时他听到有一个人骑着马在大路上朝这屋子走来。原来是那女人的丈夫回家来了。

他倒是一个很善良的人，不过他有一个怪毛病——他怎么也看不惯牧师。只要遇见一个牧师，他立刻就要变得非常暴躁起来。因为这个缘故，所以这个牧师这时才来向这女人道"日安"，因为他知道她的丈夫不在家。这位贤惠的女人把她所有的好东西都搬出来给他吃。不过，当他们一听到她丈夫回来了，他们就非常害怕起来。这女人就请求牧师钻进墙角边的一个大空箱子里去。他也就只好照办了，因为他知道这个可怜的丈夫看不惯一个牧师。女人连忙把这些美味的酒菜藏进灶里去，因为假如丈夫看见这些东西，他一定要问问这是什么意思。

"咳，我的天啊！"茅屋上的小克劳斯看到这些好东西给搬走，不禁叹了口气。

"上面是什么人？"农夫问，同时也抬头望着小克劳斯。"你为什么睡在那儿？请你下来跟我一起到屋子里去吧。"

于是小克劳斯就告诉他，他怎样迷了路，同时请求农夫准许他在这儿过一夜。

"当然可以的，"农夫说。"不过我们得先吃点儿东西才行。"

女人很和善地迎接他们两个人。她在长桌上铺好台布，盛了一大碗稀饭给他们吃。农夫很饿，吃得津津有味。可是小克劳斯不禁想起了那些好吃的烤肉、鱼和糕来——他知道这些东西是藏在灶里的。

他早已把那个装着马皮的袋子放在桌子底下，放在自己脚边，因为我们记得，这就是他从家里带出来的东西，要送到城里去卖的。这一碗稀粥他实在吃得没有什么味道，所以他的一双脚就在袋子上踩，踩得那张马皮发出叽叽嘎嘎的声音来。

"不要叫！"他对袋子说，但同时他不禁又在上面踩，弄得它发出更大的声音来。

"怎么，你袋子里装的什么东西？"农夫问。

"咳，里面是一个魔法师，"小克劳斯回答说，"他说我们不必再吃稀粥了，他已经变出一灶子烤肉、鱼和点心来了。"

"好极了！"农夫说。他很快地就把灶子掀开，发现了他老婆藏在里面的那些好菜。不过，他却以为这些好东西是袋里的魔法师变出来的。他的女人什么话也不敢说，只好赶快把这些菜搬到桌上来。他们两人就把肉、鱼和糕饼吃了个痛快。现在小克劳斯又在袋子上踩了一下，弄得里面的皮又叫起来。

"他现在又在说什么呢？"农夫问。

小克劳斯回答说："他说他还为我们变出了三瓶酒，这酒也在灶子里面哩。"

那女人就不得不把她所藏的酒也取出来，农夫把酒喝了，非常愉快。于是他自己也很想有一个像小克劳斯袋子里那样的魔法师。

"他能够变出魔鬼吗？"农夫问，"我倒很想看看魔鬼呢，因为我现在很愉快。"

"当然喽，"小克劳斯说。"我所要求的东西，我的魔法师都能变得出来——难道你不能吗，魔法师？"他一边说着，一边踩着这张皮，弄得它又叫起来。"你听到没有？他说：'能变得出来。'不过这个魔鬼的样子是很丑的，我看最好还是不要看他吧。"

"噢，我一点儿也不害怕。他会是一副什么样子呢？"

"嗯，他简直跟本乡的牧师一模一样。"

"哈！"农夫说，"那可真是太难看了！你要知道，我真看不惯牧师的那副嘴脸。不过也没有什么关系，我只要知道他是个魔鬼，也就能忍受得了。现在我鼓起勇气来吧！不过请别让他离我太近。"

"让我问一下我的魔法师吧。"小克劳斯说。于是他就在袋子上踩了一下，同时把耳朵偏过来听。

"他说什么？"

"他说你可以走过去，把墙角那儿的箱子掀开。你可以看见那个魔鬼就蹲在里面。不过你要把箱盖子好好抓紧，免得他溜走了。"

"我要请你帮助我抓住盖子！"农夫说。于是他走到箱子那儿。他的妻子早把那个真正的牧师在里面藏好了。现在他正坐在里面，非常害怕。

农夫把盖子略为掀开，朝里面偷偷地瞧了一下。

"嗬哟！"他喊出声来，朝后跳了一步。"是的，我现在看到他了。他跟我们的牧师是一模一样。啊，这真吓人！"

为了这件事，他们得喝几杯酒。所以他们坐下来，一直喝到夜深。

"你得把这位魔法师卖给我，"农夫说，"随便你要多少钱吧，我马上就可以给你一大斗钱。"

"不成，这个我可不干，"小克劳斯说，"你想想看吧，这位魔法师对我的用处该有多大呀！"

"啊，要是它属于我该多好啊！"农夫继续要求着说。

"好吧，"最后小克劳斯说。"今晚你让我在这儿过夜，实在对我太好了。就这样办吧。你拿一斗钱来，可以把这个魔法师买去，不过我要满满的一斗钱。"

"那不成问题，"农夫说，"可是你得把那儿的一个箱子带走。我一分钟也不愿意把它留在我的家里。谁也不知道，他是不是还待在里面。"

小克劳斯把他装着干马皮的那个袋子给了农夫，换得了一斗钱，而且这斗钱是装得满满的。农夫还另外给他一辆大车，把钱和箱子运走。

"再会吧！"小克劳斯说，于是他就推着钱和那只大箱子走了，牧师还坐在箱子里面。

在树林的另一边有一条又宽又深的河，水流得非常急，谁也难以游过急流。不过那上面新建了一座大桥。小克劳斯在桥中央停下来，大声地讲了几句话，使箱子里的牧师能够听见：

"咳，这口笨箱子叫我怎么办呢？它是那么重，好像里面装得有石头似的。我已经够累，再也推不动了。我还是把它扔到河里去吧。如果它流到我家里，那是再好也不过，如果它流不到我家里，那也就只好让它去吧。"

于是他一只手把箱子略微提起一点儿，好像真要把它扔到水里去似的。

"使不得，请放下来吧！"箱子里的牧师大声说，"请让我出来吧！"

"哎哟！"小克劳斯装作害怕的样子说，"他原来还在里面！我得赶快把它扔进河里去，让他淹死。"

"哎呀！扔不得！扔不得！"牧师大声叫起来，"请你放了我，我可以给你一大斗钱。"

"呀，这倒可以考虑一下。"小克劳斯说，同时把箱子打开。

牧师马上就爬出来，把那口空箱子推到水里去。随后他就回到了家里，小克劳斯跟着他，得到了满满一斗钱。小克劳斯已经从农夫那里得到了一斗钱，所以现在他整个车子里都装了钱。

"你看我那匹马的代价倒真是不小呢，"当他回到家来走进自己的房间里去时，他对自己说，同时把钱倒在地上，堆成一大堆。"如果大克劳斯知道我靠了一匹马发了大财，他一定会生气的。不过我绝不老老实实地告诉他。"

因此他派一个孩子到大克劳斯家里去借一个斗来。

"他要这东西干什么呢？"大克劳斯想。于是他在斗底上涂了一点焦油，好使它能粘住一点它所量过的东西。事实上也是这样，因为当他收回这斗的时候，发现那上面粘着三块崭新的银毫。

"这是什么呢？"大克劳斯说。他马上跑到小克劳斯那儿去。"你这些钱是从哪儿弄来的？"

"哦，那是从我那张马皮上赚来的。昨天晚上我把它卖掉了。"

"它的价钱倒是不小啦，"大克劳斯说。他急忙跑回家来，拿起一把斧头，把他的四匹马当头砍死了。他剥下皮来，送到城里去卖。

"卖皮哟！卖皮哟！谁要买皮？"他在街上喊。

所有的皮鞋匠和制革匠都跑过来，问他要多少价钱。

"每张卖一斗钱！"大克劳斯说。

"你发疯了吗？"他们说，"你以为我们的钱可以用斗量吗？"

"卖皮哟！卖皮哟！谁要买皮？"他又喊起来。人家一问起他的皮的价钱，他老是回答说："一斗钱。"

"他简直是拿我们开玩笑。"大家都说。于是鞋匠拿起皮条，制革匠拿起围裙，都向大克劳斯打来。

"卖皮哟！卖皮哟！"他们讥笑着他，"我们叫你有一张像猪一样流着鲜血的皮。滚出城去吧！"他们喊着。大克劳斯拼命地跑，因为他从来没有像这次被打得那么厉害。

"嗯，"他回到家来时说，"小克劳斯得还这笔债，我要把他活活地打死。"

但是在小克劳斯的家里，他的祖母恰巧死掉了。她生前对他一直很厉害，很不客气。虽然如此，他还是觉得很难过，所以他抱起这死女人，放在自己温暖的床上，看她是不是还能复活。他要使她在那床上停一整夜，他自己坐在墙角里的一把椅子上睡——他过去常常是这样。

当他夜里正在那儿坐着的时候，门开了，大克劳斯拿着斧头进来了。他知道小克劳斯的床在什么地方。他直向床前走去，用斧头在他老祖母的头上砍了一下。因为他以为这就是小克劳斯。

"你要知道，"他说，"你不能再把我当作一个傻瓜来要了。"随后他也就回到家里去。

"这家伙真是一个坏蛋，"小克劳斯说，"他想把我打死。幸好我的老祖母已经死了，否则他会把她的一条命送掉。"

于是他给祖母穿上礼拜天的衣服，从邻人那儿借来一匹马，套在一辆车子上，同时把老太太放在最后边的座位上坐着。这样，当他赶着车子的时候，她就可以不至于倒下来。他们颠颠簸簸地走过树林。当太阳升起的时候，他们来到一个旅店的门口。小克劳斯在这儿停下来，走到店里去吃点儿东西。

店老板是一个有很多很多钱的人，他也是一个非常好的人，不过他的脾气很坏，好像他全身长满了胡椒和烟草。

"早安，"他对小克劳斯说，"你今天穿起漂亮衣服来啦。"

"不错，"小克劳斯说，"我今天是跟我的祖母上城里去呀：她正坐在外面的车子里，我不能把她带到这屋子里来。你能不能给她一杯蜜酒喝？不过请你把声音讲大一点，因为她的耳朵不太好。"

"好吧，这个我办得到，"店老板说，于是他倒了一大杯蜜酒，走到外边那个死了的祖母身边去。她僵直地坐在车子里。

"这是你孩子为你叫的一杯酒。"店老板说。不过这死妇人一句话也不讲，只是坐着不动。

"你听到没有？"店老板高声地喊出来。"这是你孩子为你叫的一杯酒呀！"

他又把这话喊了一遍，接着又喊了一遍。不过她还是一动也不动。最后他发起火来，把酒杯向她的脸上扔去。蜜酒沿着她的鼻子流下来，同时她向车子后边倒去，因为她只是放得很直，但没有绑得很紧。

"你看！"小克劳斯吵起来，并且向门外跑去，拦腰抱住店老板。"你把我的祖母打死了！你瞧，她的额角上有一个大洞。"

"咳，真糟糕！"店老板也叫起来，难过地扭着自己的双手，"这完全怪我脾气太坏！亲爱的小克劳斯，我给你一斗钱好吧，我也愿意安葬她，把她当作我自己的祖母一样。不过请你不要声张，否则我的脑袋就保不住了。那才不痛快呢！"

因此小克劳斯又得到了一斗钱。店老板还安葬了他的老祖母，像是安葬自己的亲人一样。

小克劳斯带着这许多钱回到家里，马上叫他的孩子去向大克劳斯借一个斗来。

"这是怎么一回事儿？"大克劳斯说。"难道我没有把他打死吗？我得亲眼去看一下。"他就亲自拿着斗来见小克劳斯。

"你从哪里弄到这么多的钱？"他问。当他看到这么一大堆钱的时候，他的眼睛睁得非常大。

"你打死的是我的祖母，并不是我呀，"小克劳斯说，"我已经把她卖了，得到一斗钱。"

"这个价钱倒是非常高。"大克劳斯说。于是他马上跑回家去，拿起一把斧头，把自己的老祖母砍死了。他把她装上车，赶进城去，在一位药剂师的门前停住，问他是不是愿意买一个死人。

"这是谁，你从什么地方弄到她的？"药剂师问。

"这是我的祖母，"大克劳斯说，"我把她砍死了，为的是想卖得一斗钱。"

"愿上帝救救我们！"药剂师说，"你简直在发疯！再不要讲这样的话吧，再讲你就会掉脑袋了。"于是他就老老实实地告诉他，他做的这桩事情是多么要不得，他是一个多么坏的人，他应该受到怎样的惩罚。大克劳斯吓了一跳，赶快从药房里跑出来，跳进车里，抽起马鞭，奔回家来。不过药剂师和所有在场的人都以为他是一个疯子，所以也就随便放他逃走了。

"你得还这笔债！"大克劳斯把车子赶上了大路以后说，"是的，小克劳斯，你得还这笔债！"他一回到家来，就马上找到一个最大的口袋，一直走向小克劳斯家里，说："你又作弄了我一次！第一次我打死了我的马，这一次又打死了我的老祖母！这完全得由你负责。不过你别再想作弄我了。"于是他就把小克劳斯拦腰抱住，塞进那个大口袋里去，背在背上，大声对他说："现在我要走了，要把你活活地淹死！"

到河边，要走好长一段路。小克劳斯才够他背的呢。这条路挨近一座教堂。教堂内正在奏着风琴，人们正在唱着圣诗，唱得很好听。大克劳斯把装着小克劳斯的大口袋在教堂门口放下。他想，不妨进去先听一首圣诗，然后再向前走也不碍事。小克劳斯既跑不出来，而别的人又都在教堂里，因此他就走进去了。

"咳，我的天！咳，我的天！"袋子里的小克劳斯叹了一口气。他扭着，挣着，但是他没有办法把绳子弄脱。这时恰巧有一位赶牲口的白发老人走过来，手中拿着一根长棒。他正在赶着一群公牛和母牛。那群牛恰巧踢着那个装着小克劳斯的袋子，把它弄翻了。

"咳，我的天！"小克劳斯叹了一口气，"我年纪还是这么轻，现在就已经要进天国了！"

"可是我这个可怜的人，"赶牲口的人说，"我的年纪已经这么老，到现在却还进不去呢！"

"那么请你把这袋子打开吧，"小克劳斯喊出声来，"你可以代替我钻进去，那么你就马上可以进天国了。"

"那很好，我愿意这样办！"赶牲口的人说。于是他就把袋子解开，小克劳斯就立刻爬出来了。

"你来看管这些牲口，好吗？"老人问。于是他就钻进袋子里去。小克劳斯把它系好，随后就赶着这群公牛和母牛走了。

过了不久，大克劳斯从教堂里走出来。他又把这袋子扛在肩上。他觉得袋子轻了一些。这是没有错的，因为赶牲口的老人只有小克劳斯一半重。

"现在背起他是多么轻啊！不错，这是因为我刚才听了一首圣诗的缘故。"

他走向那条又宽又深的河边，把那个装着赶牲口的老人的袋子扔到水里。他以为这就是小克劳斯了。所以他在后面喊："躺在那儿吧！你再也不能作弄我了！"

于是他回到家来。不过当他走到一个十字路口的时候，忽然碰到小克劳斯赶着一群牲口。

"这是怎么一回事儿？"大克劳斯说，"难道我没有淹死你吗？"

"不错，"小克劳斯说，"大约半个钟头以前，你把我扔进河里去了。"

"不过你从什么地方得到这样好的牲口呢？"大克劳斯问。

"它们都是海里的牲口，"小克劳斯说，"我把全部的经过告诉你吧，同时我也要感谢你把我淹死。我现在走起运来了。你可以相信我，我现在真正发财了！我待在袋子里的时候，真是害怕！当你把我从桥上扔进冷水里去的时候，风就在我耳朵旁边叫。我马上就沉到水底，不过我倒没有碰伤，因为那儿长着非常柔软的水草。我是落到草上的。马上这口袋自动地开了。一位非常漂亮的姑娘，身上穿着雪白的衣服，湿头发上戴着一个绿色的花环，走过来拉着我的手，对我说：'你就是小克劳斯吗？你来了，我先送给你几匹牲口吧。沿着这条路，再向前走十二里，你还可以看到一大群——我把它们都送给你好了。'我这时才知道河就是住在海里的人们的一条大道。他们在海底上走，从海那儿走向内地，直到这条河的尽头。这儿开着那么多美丽的花，长着那么多新鲜的草。游在水里的鱼儿在我的耳朵旁滑过去，像这儿的鸟在空中飞过一样。那儿的人是多么漂亮啊！在那儿的山丘上和田沟里吃着草的牲口是多么好看啊！"

"那么你为什么又马上回到我们这儿来了呢？"大克劳斯问，"水里面要是那么好，我决不会回来！"

“咳，”小克劳斯回答说，“这正是我聪明的地方。你记得我跟你讲过，那位海里的姑娘曾经说：‘沿着大路再向前走十二里，’——她所说的路无非是河罢了，因为她不能走别种的路——那儿还有一大群牲口在等着我啦。不过我知道河流是怎样一种弯弯曲曲的东西——它有时这样一弯，有时那样一弯。这全是弯路，只要你能做到，你可以回到陆地上来走一条直路，那就是穿过田野再回到河里去。这样就可以少走六里多路，因此我也就可以早点儿得到我的海牲口了！”

“啊，你真是一个幸运的人！”大克劳斯说，“你想，假如我也走向海底的话，我能不能也得到一些海牲口？”

“我想是能够的。”小克劳斯回答说，“不过我没有气力把你背在袋子里走到河边，你太重了！但是假如你自己走到那儿，自己钻进袋子里去，我倒很愿意把你扔进水里去呢！”

“谢谢你！”大克劳斯说，“不过我走下去得不到海牲口的话，我可要结结实实地揍你一顿啦！这点请你注意。”

“哦，不要这样，不要这样厉害吧！”于是他们就一起向河边走去。那些牲口已经很渴了，它们一看到水，就拼命冲过去喝。

“你看它们简直等都等不及了！”小克劳斯说，“它们急着要回到水底下去呀！”

“是的，不过你得先帮助我！”大克劳斯说，“不然我就要结结实实地揍你一顿！”

这样，他就钻进一个大口袋里去，那个口袋一直是由一头公牛驮在背上的。

“请放一块石头到里面去吧，不然我就怕沉不下去啦。”大克劳斯说。

“这个你放心。”小克劳斯回答说，于是他装了一块大石头到袋里去，用绳子把它系紧。接着他就把它一推，哗啦！大克劳斯滚到河里去了，而且马上就沉到河底。

“我恐怕你找不到牲口了！”小克劳斯说。于是他就把他所有的牲口赶回家来。

小鸟和玫瑰

[日] 安房直子

某个春天的白天。

一条飘着嫩叶和花的芬芳的小道上，两个少女正在打羽毛球。

一个是高高的大个子，另外一个是瘦瘦的小个子，不过两个人却是同岁。

羽毛球那白色的羽毛，一碰到大个子的球拍，就宛若被暴风雨刮走的小鸟一样猛地飞了起来。可一碰大到小个子的球拍，却好像春风里的花瓣一样，只是轻轻一弹。

"嗨，用力打呀！"

小个子少女又把一个高得过头的球接丢了，大个子少女冲她训斥道。小个子少女腾地往上一蹦，用力猛挥球拍，但球快地如同燕子一般，好几次都没接住。后来，是第几个回合了？大个子少女打出的球，呼啸着就飞入了后边的树篱笆里面。

大个子少女瞪了小个子少女一眼说："喂，你看！到底把球打到别人家去了吧？那是个新球啊，昨天才买的。"

可……小个子少女才说了这一个字，就沉默不语了，她不知道该怎样说才好。沉默了片刻，她竟觉得是自己的错了。

"对不起，我去捡回来。"

说完，少女就沿着树篱笆，找起这户人家的大门或是通往后门的栅门来了。

可是浓绿的树篱笆没完没了，就没有一个缺口。朝前走啊，走啊，连一扇小小的栅栏门也没有。这究竟是怎么一回事呢？少女想。少女还从来没有想过，这被高高的树篱笆围起来的宅邸，究竟是谁的家呢？

说不出为什么，有点儿叫人不寒而栗。

想到这里时，少女在旁边的树篱笆上发现一个小小的豁口。是一个小孩子弓紧身子，勉勉强强才能钻进去的洞口。

说不定我能钻进去。

小个子少女蹲了下来，用两手撑住地面，把头伸到了树篱笆里。然后，少女肩膀一缩，像一只猫似的，"嗖"的一下钻了进去。

一钻进这不可思议的院子，少女就一屁股坐了下来，打量起这另外一个世界来。

这么一个明亮晃眼的春天的白天，唯有这个院子像春天的海底一样。院子里，大树成林，地面上铺满了一层青苔。与其说是一个院子，还不如说它是一片寂静无声的大森林，而且，就没有看到类似于"家"的建筑。少女变得不安起来。她想快点儿找到羽毛球，快点儿出去。于是，她悄悄地站了起来，顺着墙根儿走去。

就是这里呀？

少女一边走，一边找起羽毛球来。有白色的东西飘落下来，可那是凋谢的白玉兰的花瓣。

"找到了吗？"

大个子少女在树篱笆外面问。

"还没有。"

小个子少女在树篱笆里面这样答道。奇怪，她歪着头想。

就是掉到这一片了呀……

然后，少女猛地一下抬起了脸，看到白色的羽毛球卡在稍远的一棵山茶树的小树枝上。

"找到了，找到了，怎么卡在了那里？"

小个子少女这么叫着，那个羽毛球突然抖动了一下。少女想，是风吹的吧！可是羽毛球没有掉到地上，而是轻飘飘地飞到了空中。

咦咦？

少女怀疑起自己的眼睛来了。

千真万确，白色的羽毛球变成了一只小鸟飞上了天空，消失在了院子的深处，再深处。

"哇啊……"

小个子少女发出了一声尖叫，开始追起变成小鸟飞走的羽毛球来了。

"等一等，等一等，到什么地方去呀！"

少女突然一阵头晕。啊啊，是谁在对我施魔法……我必须马上回去……

想归这样想，但少女停不住自己的腿了。腿变得像木偶一样。

被一股魔力操纵着，到底跑了有多远呢？待清醒过来时，少女发现自己已经置身在这片大森林当中的玫瑰花丛里了。盛开着数不清的大朵红玫瑰，在风中摇晃着，上面是蜜蜂在嗡嗡地歌唱。

那只不可思议的小鸟飞翔在花和树之间。一会儿高，一会儿低，少女睁大着眼睛，生怕把小鸟看丢了。

可蓦地传来了一声枪响，"砰！"正飞着的小鸟，"啪"地一头栽到了青苔上面。

一瞬间，少女被吓得呆在那里不会动了。

鸟被打下来了……可它明明是一个羽毛球，怎么会流血……

少女眼看着一道鲜红的血，从被打下来的小鸟的胸口流了出来，她怕了，不由地战栗起来。

这时，绿色的树枝哗啦啦一阵摇动，一个少年突然出现在了少女的眼前。少年穿着蓝色的毛衣，蓝色的裤子，扛着一杆长枪。可沉甸甸、黝黑锃亮的长枪，怎么看，也与这个纤弱、面色苍白的少年不配。尽管如此，少年的枪法还是让少女吃了一惊，他竟然一枪就能把飞鸟击落！

"这鸟，是你打下来的吧？"

少女小声问道，少年露出一口白牙，得意地点了点头。

"真厉害！"

少女直盯盯地瞅着树上的小鸟，不料少年却弯下身子，一把抓住了小鸟的爪子，快乐无比地说："一起来吃吗？"

什么？少女用眼睛问道。少年把小鸟高高地拎了起来："这鸟，才好吃哪。我妈妈会用它做成小鸟的馅饼，你来吃吗？"

说完，扭头便走了。少女一边在后面追，一边在心底里叫开了：不对，不对！

不对……那是羽毛球……

可少女的腿，依然还是木偶人的腿。无论走到哪里，无论走到哪里，总是被一股魔力拖着往前走。

"这里，是你家的院子吗？"

少女一边走，一边问。

"是的呀，我和妈妈住在这里。"

少年一边扛着长枪往前走，一边回答道。

"可是，家到底在哪里呢？"

少女失望地问。少年回答道："穿过森林就是了。"

好吧，就算是吧，少女想，可树篱笆怎么围得下这么一大片广阔的森林呢？不是有点儿蹊跷吗……

森林里，有一条小河流过，有一搂粗的大银杏树，还有精巧的假山。正在吃惊时，少女又看到了好几个小小的玫瑰园，玫瑰花开得正艳。少年一看到凋谢了的花瓣，就捡了起来，说："要是把玫瑰的花瓣也掺到馅里，才好吃呢！"

"真的？"

"真的呀！妈妈一直是这么做的呀。"

少女的眼睛放出了光彩。虽然是头一次听到这样的话，但少年一说，就全都信以为真了。少女从青苔上捡了好些光润的红玫瑰的花瓣，放进了兜里。这么一来，少女的心又渐渐地明朗，高兴起来了。

如果小鸟和玫瑰做成了馅儿……啊啊，那肯定就能做成春天的森林一样的馅饼了！少女一边像小鹿一样欢蹦起来，一边对少年说："我呀，个子小，不擅长运动，又胆小，其实是一个最没用的女孩了！"

想不到少年笑了起来说："没事，没事，只要吃了馅饼，就全改过来了。"

啊啊，如果真能那样……少女想，也许真的会那样。要是吃了有魔力的馅饼，我就一定会变成一个非常漂亮的女孩了！高高的个子，又擅长运动，变成了一个非常开朗的女孩子……

少女的脸蛋上都放光了……

"我想快一点儿吃小鸟和玫瑰的馅饼啊！你的家，在什么地方？"

正在这么叫着的时候，少女的前方一下子明亮起来，森林结束了，紧接着的，是一大片草地。

草地的正当中，是一幢巨大的木头房子。房子前面，是一个用砖头砌成的炉子。炉子的前面，是一张木头的大桌子。桌子上还摆放着闪烁发光的银餐具——几个钵，菜刀，餐刀和盘子。桌子前面，站着一个脸及体形都酷似少年的女人。她正在和面。长长的头发和长长的裙子在风中轻轻地抖动着。瞧见两个人走了过来，她微微一笑，说："来，把小鸟和玫瑰拿出来，放到这里吧！"

桌子上有一个银的馅饼盘，馅饼盘上，铺着一片擀得薄薄的馅饼皮。少年毫不迟疑地把玫瑰的花瓣铺了上去，又把死了的小鸟，搁到了花瓣的上面。少女也从兜里把玫瑰的花瓣掏了出来，盖在了小鸟的身上。

一个肃穆而凄美的仪式——

死了的小鸟，被一片片红玫瑰蒙了起来，看上去是那么的幸福。

这就是馅饼的馅了，少年的母亲把另外一张圆圆的馅饼皮，盖到了它的上面。其他的馅饼，也都是同样的做法。她又用叉子在表面上扎了几个洞，刷上厚厚的一层蛋黄，然后送进烤箱——

砖炉上的旧烤箱，已经非常热了。少年的母亲砰的一声关上门，就唱起咒语一般的歌来：

小鸟和玫瑰

小鸟和玫瑰

火焰和热和森林的风

溶化吧、溶化吧，甜甜的蜂蜜

溶化吧、溶化吧，黄色的奶油

因为这首歌有一种不可思议的节奏，听着，听着，少女的一颗心就彻底地变得快乐起来。

等待馅饼出炉的那段时间，少女天真地追起蝴蝶来了，看上去，简直就像是这户人家的小女儿似的……

就这样，过去了有多长时间呢？

"好了哟，小鸟和玫瑰的馅饼烤好了哟！"

耳边冷不防响起了这样一个声音，少女不追蝴蝶了。少年就站在少女的背后，双手捧着烤好的馅饼。一双交织着温柔与不安的茶色的眼睛，直盯盯地望着少女。

烤得焦黄的馅饼，飘出一股奶油和玫瑰的香味。少女不由得又是一阵头晕。少女从少年的盘子里抓起馅饼，送到了嘴里，连少女自己也弄不明白了，怎么会这么粗野地狼吞虎咽呢？不过，这馅饼实在是太好吃了，吃了第一口，就再也停不下来了，非得吃到最后一口不可。

馅饼有一股花的香味和奶油的香味。而且，明明摆到馅饼里的小鸟尸骸——却没有了。小鸟的羽毛，骨头以及两只坚硬的鸟爪，都像魔术一样地消失了。馅里只剩下了一块块柔软的鸟肉。

吃完了小鸟和玫瑰的馅饼，少女的心中宛如拥有了一片美丽的春天的森林。少女坐到了草地上，闭起眼睛。这时，少年的母亲在她的耳边喃喃地说："要是困了，就到屋里去睡吧，屋里有睡起来很舒服的床啊！"

她抓住少女的手，把少女扯了起来，少女被领到了那幢很老的木头房子里面。

潮湿的，透着一股霉味的房子里面，有一间小小的房间。

"那么，就在这里睡一觉吧！"

这间房间的墙壁也好，地毯也好，都是玫瑰的颜色。窗户和床，当然也是玫瑰的颜色了。

"这房间真好……"

少女陶醉了一般地自言自语着，真想在这样的房间里睡一觉啊，少女一边这样想，一边钻进了被窝里。被子有一股好闻的味道，好像也是由玫瑰的花瓣做的。

"什么都是玫瑰……"

少女在被窝里伸直了身子。顿时，觉得整个人仿佛一下子飘到了空中。一闭上眼睛，就看到了数不清的花瓣。花瓣从上面落了下来，一片接着一片，简直就是一场淅淅沥沥的雨……少女伸出双手去接花瓣，花瓣却在少女的手上，脸上身上堆积了起来。到后来，就像刚才的那只小鸟一样，少女被玫瑰的花瓣埋住了……

咚咚，有谁在敲窗户。

咚咚，咚咚……

然后，就咯嗒咯嗒地响起了摇晃窗框的声音……

"哎哎？"

少女吓了一跳，从床上一跃而起。

"谁？"

下了床，向窗边走去，呼啦一声拉开了窗帘，外面是那个少年的脸。

"不要睡觉！"

少年憋住了声音叫喊道。

"快逃吧！从这里跳出来，逆着刚才穿过森林的那条道，一直往回逃！然后从树篱笆的那个洞口钻到外面去！"

这太不可思议了，少年贴着眨巴着眼睛的少女的耳朵，轻声说："这是我妈妈的魔法哟！吃了小鸟和玫瑰的馅饼的少女一睡着，就会变成玫瑰树了！"

"玫瑰树……"

"是的。变成一棵树苗，明天早上，妈妈就会把树苗栽到院子里。这样，院子里就又多了一个玫瑰的新品种。

不过，如果你现在从这里逃出去，逃到篱笆的外面，就得救了。不但能得救，你还能变成一个像小鸟一样明朗，像玫瑰花一样美丽的女孩儿。喂，你逃还是不逃？"

女孩儿脸色苍白地朝窗户上爬去。少年催促道："快点儿！从这里跳出去！"

少女使劲儿点了点头，轻巧地跳到了院子里，然后就奔了起来。

少女奔得就像是一只兔子。

绿色的森林旋转起来。开着花的真正玫瑰放声尖笑着。

不好，不好，玫瑰要告密。

少女跨过小河，钻到了巨大的银杏树的下面。像是光着脚踩在天鹅绒上一样，少女好几次都差一点儿被地面上的青苔滑倒。啊啊，那个女人又在施魔法了，少女想。少女觉得自己的身体正在变成一棵玫瑰树。身体渐渐地变硬了，可是头发却发出一股好闻的气味……

呀，快，快……

少女用几乎要变成玫瑰树了的腿，不停地跑着，终于穿过了森林，在尽头看到了那堵熟悉的树篱笆，还有那个让人怀念的小洞。

啊啊，得救啦……

穿过树篱笆的时候，那个少年的蓝毛衣突然又浮现在了少女眼前。

"你怎么这么慢哪！"

拿着羽毛球拍的大个子少女，站在小个子少女的面前，四下里，依然还是春天的白天。

"你到底干什么去了？找个东西也这么笨！"

大个子少女用刁难的目光，死死地盯住小个子少女。然而，不用照镜子，小个子少女就知道自己的脸已经变成了玫瑰色，眼睛变得水灵灵，皮肤变得光润发亮了。

"找到羽毛球了吗？"

这么一问，小个子少女高声快乐地回答道："找到了。不过，被我吃掉啦！"

然后，小个子少女就丢下大个子少女，跑了起来。

一边跑，小个子少女一边清清楚楚地感到自己变得像玫瑰花一样美丽，小鸟一样的明朗了。

建校纪念日

[日] 川端康成

每日每天，学校往返。

浸润文化，直到今天。

回顾以往，岁岁年年。

希望得赏，目的实现。

建校之日，永远纪念。

如果你们大家学过《普通小学唱歌》教科书六年级课本，一定知道这个歌。这就是那课本第十课《建校纪念日》这首歌。

正子她们的小学校当然也有校歌。这样，建校纪念日这天，全校孩子就唱校歌。

但是六年级学生恰好从唱歌教科书上学过《建校纪念日》这首歌，所以，纪念日这天只好由六级学生们单独唱这首歌了。

今天唱歌的钟点要唱："值得庆贺的今天的纪念日。"

歌词表明为了迎接愉快的日子，正子她们就是练习这首歌。

正好练到"庆祝纪念日的那一天"

歌词第二遍的开头，大家无不热心高唱的时候：

"啊！"

"啊！"

"啊！"

歌声中出现了这种小小的惊叹声。

"啊，挺可爱呢！"

“不知道能不能抓着它！”

不仅夹杂着惊叹声，甚至于出现了这类窃窃私语，以致姑娘们把头一致扭向窗户那边。

歌声零乱，教室里嘈杂声四起，须回老师也大惑不解了。

“认真地唱嘛！怎么啦？”

在这种场合坚定不移的是必须带头说些什么，这历来是夏子的老毛病。只要有这么一个淘气包，她那俏皮话就够听的了。

“老师，有来参观的了……”

“嗯？”

老师朝门口望望，只见那门依旧关着。

走廊也没有脚步声。

“老师，不是那边儿，是来自窗户，是个可爱的小鸟。”

她这么一说，都笑了，但是停在窗框上的小鸟似乎无所畏惧，而且好像也不打算飞走。

不仅如此，而且歪着个聪明的小脑袋，好像打算从姑娘们之中找出一个人来。

“养熟了的山雀。是谁家养的鸟跑出来啦。”

老师微笑着轻轻举步靠近窗户，正要悄悄举手，那小鸟扑棱一下飞去了。

“啊，糟糕！”

以为老师准把它抓住，屏声静气瞪眼瞧着的姑娘们，立刻泄了气，但是，那小鸟却不是逃往窗处，反而飞进教室了。

而且，谁也没想到，钢琴响了。

大概是山雀正好落在钢琴键上。

它不过是和麻雀一般大的小鸟而已。但是钢琴键却很敏感，小鸟落在键上，就像小拇指摸了它一下。

但是，从山雀的角度来说，它落下的同时，脚轻轻地往下沉了，以致发出轻微的响声，所以它又立刻跳了起来，况且还难免打滑，这样它就吃了一惊。慌慌张张地再捣脚，钢琴竟又不响了？踩五脚六脚，在键子上走动起，每一脚都响一下，结果就出现了3、4、5、6、7这样莫名其妙的小鸟音乐，这可以说，实实在在的可爱吧。

"啊，妙得很，弹钢琴的小鸟。"

"乐师先生，我们唱《建校纪念日》的时候就请你伴奏吧。"

如此这般地你一言我一语，姑娘们把自己唱的歌也忘了，甚至于对这小音乐家鼓掌喝彩，闹腾个没完没了。

照这样下去，根本上不了课。

但是，老师不仅不生气，反而和姑娘们一起看着那小鸟。

"老师！"

正子大声喊了一举起了手。

"老师！是我家的山雀。我把它送回家行吗？"

"啊，是你家的？那就把窗子关上，巧妙地把它抓住才行啊！"

"不用！老师，它自己会回去。"

大家看着正子，不再作声。正子好像害臊似的脸也红了。

"赶快把它送回去多好！"

老师这么说了，正子便大步朝钢琴走去。

山雀刚才站在窗户上，一定是在寻找正子吧。

它好不容易看见它的主人，所以高兴得捎了捎翅膀之后落在正子的肩头，立刻又用它的尖嘴叼住正子刘海的头发梢往下揪。简直就像婴儿放心地跟母亲撒娇一般。

"好啦，小山雀！"

正子一抬起右手，山雀立刻就站在她的食指上，她举着手送它到窗户前，把手伸向窗外说："小山雀先回去！"

她这么一说，那山雀仿佛听懂她的话，振翅起飞而去。

"它自己就会回去吗？从前只听说过山雀很聪明，这还是头一回看到它熟到这个程度哪。"

老师十分佩服似的望着飞去的山雀这么说。

"各位同学，好啦，山雀的故事，休息的时间再聊吧。练习的时间只有两三次了。好，从第二部分的最初开始吧。"

说完就坐在钢琴前。

纪念之日，我等庆祝。

年年来此，我等聚首。

莘莘学子，同窗之友。

同时同进，同侪同俦。

大概是山雀的可爱使姑娘们的歌声增加了精神，但是唱歌的时间一完立刻就沸腾了。

仿佛等候多时一般，姑娘们争先恐后地攀着正子的肩头，或者盯着她的面孔，或者拉住她的手让她面向自己，七嘴八舌地说：

"太让人眼馋啦！哪儿买的？"

"怎么就把它调教得那么熟？"

"山雀能耍好多种把戏吧？"

"鸟也是有聪明的和呆头呆脑的？"

一大群人同一时刻向她提出一大堆问题，结果是正子被弄得手足无措，她忙说："从山里捡来的小雏养大的。反正啊，三言两语也说不完。从它小的时候就好好照顾它，长大就和人亲近了。"

她因为太高兴，就把小山雀有什么本领以及如仅提高这些本领，信口开河地大聊特聊了一通。然后她说"这事啊，在建校纪念日之前先严守秘密，那样，到时候才能让大家大吃一惊呢。"这时她想起那天她要表演这个拿手节目，不由得脸上浮现微笑。当她漫不经心地朝对面一望，只见滑梯背阴处藏着一个正在哭泣的姑娘。

原来她是常常脱离开大家的芳子。

正子是个对待山雀也倍加爱护的姑娘，所以她看到眼前这幅光景，便立刻跑了过去。

"为什么哭呢？"

"我没哭啊！"

芳子受到安慰，可是正子的安慰反倒使她恼火似的，表现出很不痛快。因为芳子脾性如此乖张，所以她才常常脱离大家吧。

"你不是还在擦眼泪吗？"

"眼睛进了尘土啦。"

"撒谎！那脸部表情和眼睛疼的表情不一样。咴，有什么难过的事？跟我说呀！我正子绝对不跟别人乱说乱讲！"

正子真心实意的态度，使芳子为之动心，她说："建校纪念日的学艺会成立了，天天咨询啦，练习啦，挺热闹的。可是谁也不找我参加他们的组。"

说完似乎又伤起心来。芳子此时显得一点儿也不乖僻，她也不管正子就在眼前瞧着她呢，竟然抽抽搭搭地哭起来。

"这么回事？就这些？"

正子此刻是满腔的同情。她说："没事儿，你就放心吧。我让夏子参加到我们组里。咴，我的主意不错吧。"

太出乎芳子的意料，非常高兴，可是刚过一小会儿她就严肃地盯着正子的面孔，此刻偏巧下一堂课理科的钟点到了，铃声响起，所以正子说："以后再说，纪念日之前严守秘密，对谁也不提，行吧？"

芳子以前伤心的眼泪，此时变成感谢的眼泪，瞪着一双明朗的大眼直率地点点头。

你们大家都非常清楚，不论哪个学校，也不论哪个年级的哪个班，一定有夏子这样的人，以及芳子这样的人。

蝴蝶飞了，校工运来理科或地理的标本，总是夏子第一个跑出去。游戏这堂课，听到的似乎只有夏子一个人的大嗓门。成绩也不是全优，所以也就并不怎么受尊敬，但是大家都喜欢她，如果有什么有趣的事，立刻就会有人想起。

"啊，夏子是怎么回事儿？夏子如果不在，就觉得没啥意思呢。"

学艺会什么的，夏子一出现在台上，只是看见了她那形象，大家就莫名其妙地高兴，鼓掌喝彩。因为人缘特别好，所以——

"建校纪念日的学艺会和我搭帮吧。"

提出这样要求的多着呢。但是，"不行啊，我已经和正子约定啦！？"

夏子在六年级的女生里朋友最多，她的许多朋友之中，最要好的是正子。

但是，芳子是个什么姑娘呢？说她和夏子完全相反，你立刻就会全明白了。

比如，大家正闹得十分热烈，芳子进来了，绝不是芳子有什么不好，也不是大家要什么坏点子，可是大家热闹的谈话一定停顿下来，断一阵子之后才接下去。

芳子比夏子学习成绩好，操行也是优，可她就是有难以言喻的不容易亲近的寂寞感。

正子对芳子十分同情，曾说过要当芳子的伙伴，但是她和夏子曾有约在先，所以今天和往常一样，也是手拉着手亲亲热热地从学校往回走，

"正子有希望夏子小姐容忍的事情。"

"概不容忍。"

"哎呀，可我还什么都没说呀！"

"你要说什么虽然不知道，可是听了就一定容忍，所以不听之前先怒形于色给你看。"

她的话完全是合乎夏子性格的语言。

"真奇怪，你正子那么一脸严肃地对夏子我道歉。"

"可是，夏子，一定发火呢。"

"夏子特别喜欢发火。快说吧。"

"虽然约定在纪念日的学艺会上一起登台，可是我正子和别的姑娘搭伴不行吗？"

"哎呀！"

夏子主要不是生气而是特别心烦，注视着正子的面孔，过了一阵激烈地摇头，她说："没这么干的，讨厌。我夏子绝对不给予容忍。吵到底。"

"可是……"

"说讨厌就是讨厌。从一年级的时候就关系那么好，不是什么都一起行动吗？笔盒啦，毛线衣啦，不是整齐一致的吗？既然这样，到了快毕业的时候，如果在学艺会上却散了伙，大家一定会以为两个人关系糟糕了。令人怎么想我夏子满不在乎，可这次的学艺会，是学校毕业之后两个人回忆的种子啊。"

"我正子也这么想。"

"你这奇怪的正子，既然想了，为什么不照想的去做？正子老兄！是我夏子什么地方惹你生气啦？"

"你那么想，让人讨厌。那么再加一个人，让芳子作我们的伙伴行不？"

"芳子？芳子？让芳子作我们的伙伴？"

夏子真的吓了一跳，就像认真解开难解之谜一样，同样的话重复了几遍。

"啊，对啦，我夏子明白啦！"

她说完认真地点点头，表示同意同意，有力地握住正子的手，她说："所以我夏子喜欢你正子嘛。真亲切呀。伟大！和我夏子不同。因为我什么也不知道就生了气。请原谅。"

"啊……高兴！把芳子也拉进来作我们的伙伴？"

"嗯，夏子没关系。把夏子的正子借给可怜的芳子。可是，如果学艺会上三个人上台，也并不表明正子也罢，夏子也罢，平素和芳子的关系都很好，看起来还是芳子一个人像个受排挤的人。既然这样，我夏子不参加倒好。没关系，想跟我夏子相好的女孩儿别处有的是，要多少有多少。"

夏子说着说着眼泪就要流出来了，像夏子这样的姑娘，尽管争强好胜，爱撒娇，看起来轻佻，可是心却是炽热的，而且直率。

看起来芳子的事肯定要操心，所以正子说："可是，如果不让芳子赶快和山雀先熟悉了，那怎么行啊？照你这样，以后就不到芳子家去叫她啦？"

好像夏子比正子更起劲儿。

"不要紧，唱纪念日之歌的时候，我和你正子紧挨着，我用我夏子出了名的大嗓门儿让大家吓一跳。"

> 今天的纪念日，可庆复可贺，
> 即使纪念百度与千度，
> 不摇不动，基础稳又固，
> 我们的学校，和时间同步。

通行大道简直成了唱歌的教室，她们踏着轻快的拍子，边走边唱，一直唱到芳子家门前。

大概是听到了方才在学校刚刚练习过的《建校纪念日》之歌吧？芳子从她家跑了出来，一看原来是成绩最好的正子，同人缘最佳的夏子，两人一同前来，似乎有些发慌。

但是夏子对于这种情况一向满不在乎，突然用命令似的口气说："芳子，我们是来找你的。去正子家，不快着点儿可不行啊。"

这完全出乎芳子的意料，因此，她非常高兴，忙忙活活准备动身，可是她又说："可是我在看着弟弟哪。我如果走了，这孩子就太冷清啦。"

芳子母亲三年前去世了。她父亲每天要到铁路工地上去干活。芳子那种莫名其妙地使人们不愿接近的阴森森的性格，一定是这种家庭环境造成的吧？

邻居大娘各个方面无不给予亲切关照，白天替她家照顾孩子，只有四岁的小弟弟，每天等姐姐回来等得心焦，所以姐姐一回家就把姐姐缠住，决不离开，芳子不愿意一个人离开家，不是没有道理的。

"小弟弟也一起去嘛。"

夏子简直就像到了自己家一样说话。她接着说："行啊，我夏子哄孩子也够棒的。呶，小弟弟，你喜欢这个姐姐吧？"

她手指头指着自己鼻子对那小弟弟说。她已经和小家伙熟了，摸着孩子的头。大概她哄孩子确实是第一流的。

在去正子家的路上，小弟弟特别精神，闹腾得特别欢。

当正子正要开门的时候，那只山雀从院子的树子直奔正子飞下来。落在正子帽子上，似乎以此表示迎接。仿佛在说'您回来啦，今天为什么回来得这么晚'。

"小山雀，我带朋友来啦。是芳子！"

正子先跑进家里，抓了一把麻籽出来，放在芳子手掌上。

"小山雀，咱们排练学艺会节目吧。"

山雀在墙上歪着脑袋看了一阵，看到特别喜欢吃的麻籽，便飞到芳子手掌上，叼起一粒，飞进门厅，落在帽子钩上，用它尖尖嘴啄破麻籽壳。

吃完麻籽仁之后飞回芳子那里想再叼一粒回来的时候，爱淘气的夏子让芳子攥上拳头，赶紧拿出习字用笔在芳子鼻子尖上点了一个黑点。山雀落在芳子的拳头上，扇着翅膀唱了几声就用尖嘴啄芳子鼻尖上的黑点。

芳子吓了一跳。夏子笑得直不起腰。正子微笑着说："讨人喜欢吧？它拿那黑点当麻籽了。好不容易能飞一米左右还是雏鸟的时候，它就拼命地啄画在壶上的南天竹的籽，它不懂得那是画的。"学艺会上，两个人要这个山雀。

"啊！"

芳子高兴极了，简直高兴得不会用言语形容。她不仅从落在她手指上的山雀那细小的爪上体会到它极其轻微的温暖，更深刻体会到的是正子和夏子对她亲切关怀的心灵的温暖。

大家从神社祭祖之日那种摊商云集的热闹场面上，可能看见过一两次山雀耍把戏的。

那小鸟飞度长长的走廊，给你抽一个神乎其神非信不可的神签来，或者跳上小小钟楼的梯子给你撞钟，或者踏着小小神社的台阶去摇铃敬神，或者上了玩具马来一场赛马，或者表演抢旗比赛……

大家一定看得出神，于是异口同声地说："多聪明的山雀啊！"

你们大家的父亲兄长之中，饲养山雀的一定不少，不教给它什么它也会打个跟头给你看。

山雀是栗色身体黑色的头，脸和脖子一带夹杂着黄褐色，动作活泼的小鸟。教它什么会什么，和人非常亲近。

正子的小山雀在饲养和训练上，当然很不简单，费了许多苦心。总之，如果没有由衷的爱和十足的耐心，那是办不到的。

从那以后，芳子从学校回家的时候常常顺便去正子家，玩一会儿想回家时，正子一直送出很远。而且山雀也跟着正子前来送行。它一路上不是落在她们两人的肩上手上，就是飞到电线杆和屋顶上，追随着她俩。

"如果把小鸟关进笼子，一旦打开笼子门，它立刻就外逃，人一靠近它就害怕。还是小山雀可爱呀。"

芳子听了感到奇怪得不得了，正子也不无洋洋得意地说："它是从山里捡来的小雏，当时不会飞也不会自己找食吃哪。张着个红色的大嘴，死乞白赖地要食吃，很可爱。每三十分钟喂它些什么，还得我爸爸和我妈帮忙。正是我把它锻炼出来的。山雀也就把我们家当它自己的家了。等它能飞的时候，带它到山里去玩，它非常高兴，从低处往高处的树枝上挪，以为它再也不回来了，一招呼'小山雀'，它仿佛回答似的立刻叫了几声就飞回来，落在我的肩上。"

"因为你正子向来待人温厚，所以小鸟对你也特别亲热。"

"你芳子也一样，它现在就跟你很亲热了。"

"对，但愿寒假早日到来。那样的话，每天都能从从容容地和小山雀练习学艺会的节目。"

"和小弟弟一起来。"

当年寒假，还没过半个月她就去了。新年，建校纪念日，都是转眼就到的。

用夏子的话说，这个小学校在这里建设起来，肯定是非常贤明之举。因为，正月初一正好是建校纪念日。所以，新年庆典之后立刻转入建校纪念日庆典，所以是又重喜悦。而且，对于六年级学生来说，还要加上一层即将毕业的喜悦。

况且，正子为学艺会找角色而选了芳子，不仅使夏子大为感动，而且受到须回老师和自己母亲称赞。当她到老师办公室去说明自己在学艺会出的节目时，老师说："你和芳子两个人？是吗？这是该由我这老师对你道谢的呀！要亲切对待芳子！"

正子母亲每当芳子她们来的时候，总是给她小弟弟拿点心，或者给予各种关照才让她们回去，显得比对谁都亲切，脸上全是爱的光辉。她说："芳子怪可怜的，她父亲如果知道你们把她当成好朋友，简直不知道多高兴呢。我为我女儿正子这样待人感到自豪哪。"

所以，元旦早晨，正子很早很早就起来了。

"新年好！"

"恭喜新年！"

不论在路上，也不论在学校里，她热情地和人们打招呼。晴朗的熠熠生辉的雪景，使人由衷地感到天地为之一新，清清爽爽。

从儿童的父兄到同窗会的毕业生们，无不神采奕奕，齐集礼堂。从对天皇、皇后的照片敬礼开始，紧接着便是唱《君之代》国歌，《新年伊始》的新年歌，然后是校长训词。

"好！庆祝新年的典礼结束，立刻开始庆祝建校纪念日的典礼。"

典礼一转换，礼堂里立刻响起人们高兴的谈话声。唱完校歌，便是街长、同窗会代表、父兄会代表、儿童代表等等的祝词。然后是合唱只有六年级学生才学过因而会唱的《建校纪念日》之歌：

> 每日每天，学校往返；
>
> 浸润文化，直至今天；
>
> 回顾以往，岁岁年年；
>
> 希望得赏，目的实现；
>
> 不摇不动，基础稳又固；
>
> 我们学校，和时间同步；
>
> 唱完歌马上举行学艺会。

夏子说到做到，完全按照她对正子说的办事，便使了劲大声歌唱，正子看她这副模样，不免窃笑，但她也难禁怦怦心跳地等待她的节目。

利用物理原理所做的稀奇的实验啦，从历史、语文、修身等课本上摘取的对话啦，有趣的算术游戏啦，唱歌啦，如此等等，和别处的学校学艺会节目虽然大体相同，但是毕竟很有特色。当芳子把一个玩具井棚子放在桌上时，大家无不睁大眼睛看着，以为一个什么节目即将开始。

芳子行了礼，突然装扮成一位瞎老太婆似样子："啊，糟透了。非得打水不可，可是眼睛不好，井在哪里也不知道，腰又这么弯。哪位帮帮好不好？"

站在她旁边的正子说："真是位让人同情的老太太，给她叫一位好帮手来吧。"

说完便大步走近窗户，把玻璃窗开个缝，立刻就有一只山雀飞了进来。

看了芳子那副扮相还在发笑的人们此时吃了一惊，几乎全都要站起来。山雀用它的尖尖嘴拉住一条白线，吊桶就从井底提上来了。

"谢谢，可是厚待老年人的好孩子。"

芳子这样对山雀道了谢，然后说："喂呀，学校怎么这么热闹啊？有什么庆祝活动吧？"

这期间，正子把一张纸块写一个字母的纸摆上十六七张。山雀飞来，挑好字块叼起来送到芳子跟前，然后再飞回去挑选纸块。如此飞来飞去叼走八张字母，成了"建校纪念日"这个词组。

这时，正子替山雀说话："老奶奶，在这儿写着哪！"

"可我是个盲人，看不见字啊。"

"可真是！小山雀，你让可怜的老奶奶的眼睛睁开吧！"

"这眼睛？让我这眼睛看得见东西？"

芳子举起手刚要揉揉眼睛，山雀就飞到她的手指上，用它的尖嘴叼住芳子的睫毛，亲切地轻轻一拉，仿佛在说我来掀开你的眼皮。芳子立刻双眼大睁，忙说："啊，看见啦，真的看见啦。正月明丽灿烂的雪景。哎呀，字也看见了：建校纪念日。怪不得呢。一定是个快乐的庆祝活动。"

她边和山雀贴脸以示亲热边和正子站好对大家敬礼，并说："诸位！新年好！"

因为那山雀太可爱了，一直感动和非常佩服的观众们，不论大人或孩子，这时一致鼓掌喝彩，那响动简直要震破礼堂。

芳子的父亲跑到正子母亲跟前，他说："谢谢了，和全校的模范生在一起给大家表演节目，这对芳子来说，多么光彩，多么自豪啊。令爱亲切相待，一定使芳子睁开心灵的眼睛。从今以后，芳子一定成为一个受大家疼爱的朴实的孩子。"

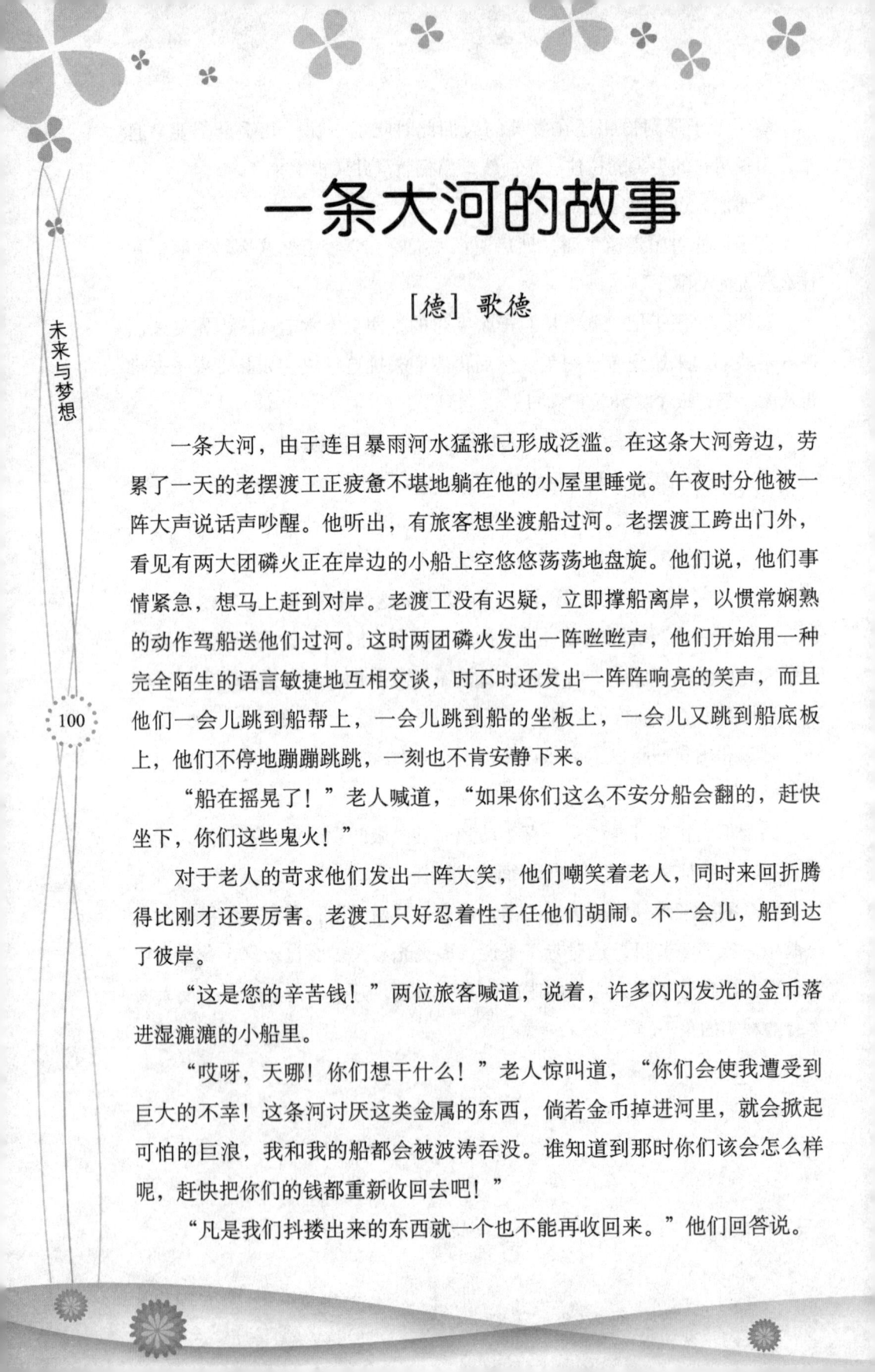

一条大河的故事

[德] 歌德

　　一条大河，由于连日暴雨河水猛涨已形成泛滥。在这条大河旁边，劳累了一天的老摆渡工正疲惫不堪地躺在他的小屋里睡觉。午夜时分他被一阵大声说话声吵醒。他听出，有旅客想坐渡船过河。老摆渡工跨出门外，看见有两大团磷火正在岸边的小船上空悠悠荡荡地盘旋。他们说，他们事情紧急，想马上赶到对岸。老渡工没有迟疑，立即撑船离岸，以惯常娴熟的动作驾船送他们过河。这时两团磷火发出一阵咝咝声，他们开始用一种完全陌生的语言敏捷地互相交谈，时不时还发出一阵阵响亮的笑声，而且他们一会儿跳到船帮上，一会儿跳到船的坐板上，一会儿又跳到船底板上，他们不停地蹦蹦跳跳，一刻也不肯安静下来。

　　"船在摇晃了！"老人喊道，"如果你们这么不安分船会翻的，赶快坐下，你们这些鬼火！"

　　对于老人的苛求他们发出一阵大笑，他们嘲笑着老人，同时来回折腾得比刚才还要厉害。老渡工只好忍着性子任他们胡闹。不一会儿，船到达了彼岸。

　　"这是您的辛苦钱！"两位旅客喊道，说着，许多闪闪发光的金币落进湿漉漉的小船里。

　　"哎呀，天哪！你们想干什么！"老人惊叫道，"你们会使我遭受到巨大的不幸！这条河讨厌这类金属的东西，倘若金币掉进河里，就会掀起可怕的巨浪，我和我的船都会被波涛吞没。谁知道到那时你们该会怎么样呢，赶快把你们的钱都重新收回去吧！"

　　"凡是我们抖搂出来的东西就一个也不能再收回来。"他们回答说。

"那么你们还是想麻烦我了，"老人说着弯下腰去把金币捡进他的帽子里，"我必须一个不落地把它们搜集到一起，然后带到陆地上藏起来。"

磷火跳出小船。老人大声喊道："我的工钱在哪儿？"

"谁不收金币就是喜欢白干活！"磷火喊道。

"你们要知道，我只能够收取长在地里的果实作酬劳。"

"地里的果实？我们鄙视这些东西，也从来没有享用过。"

"既然这样我不能放你们走，直到你们答应给我三个甘蓝头，三个洋蓟和三个大洋葱头。"

磷火边开着玩笑边想溜掉，他们还没弄明白怎么回事却已经感到被捆在地上了。这是他们所经历过的最不好受的感觉。他们担保在近期内满足老人的要求，老渡工这才放他们离去，并撑船返回。他已经离岸好远了，这时磷火在后面冲着他大声呼叫起来："老头儿！听着，老头儿！我们把最重要的东西忘记了！"

老船工已经离得太远了，没有听见他们的喊声。回到这边河岸，老渡工顺着河流往下走，找到一处永远不会被水淹没的山地，想把那些危险的金币埋掉。这时他发现在两座山岩中间有一道深渊，于是他把金币全部倒进深渊里，然后划船回到自己的小屋。

在这个深渊里有一条美丽的青蛇，金币掉落下来时发出的响声把她从睡梦中惊醒。她几乎还没看清楚这闪闪发光的是什么东西，便立即贪婪地不加选择地一个一个地吞了下去。吃完后还四处搜寻，把散落在矮树丛里和岩石缝中的金币都仔细找了出来。

她刚一吞完金币，马上极为舒服地感到，金币在她的内脏里熔化了，并流散到全身。她欣喜若狂地发现，她变得全身透明，并且闪闪发光。早先人们曾经向她许诺过，有可能发生这种现象，但是她不知道，这光能维持多久，能不能长久保持下去。她想确保自己将来永远是这个样子。这种好奇心和愿望促使她从深渊中爬出来，她要去调查，谁有可能往这里撒下美丽的金币。她一个人也没有找到。她一边在草丛和灌木林中爬行寻觅，一边欣赏着透过自己翠绿的身体发射出来的美丽的光，心里更加高兴。这时所有的树叶都被照得仿佛是绿宝石，所有的花朵都更加鲜艳娇嫩。她爬遍孤寂的荒野，还是什么也没找到。她的愿望变得越来越强烈，这时她来到了一块光秃秃的平地上，看到远处有一种与她相似的光。

"我到底还是找到像我这样的光了！"她叫道，并匆匆朝那个地方爬去。她不畏艰难，爬过沼泽和芦苇地。虽然她喜欢生活在干燥的山谷草地和高处的岩石缝里，享用着气味芬芳的野草，以晶莹的露珠和清甜的泉水止渴，但是为了得到可爱的金币，为了自己身上永远能发出奇妙的光，付出什么代价也在所不惜。

青蛇疲惫不堪地终于到达两位磷火先生经常玩耍的芦苇沼泽地。她迅速爬过去，问候他们，她十分高兴找到了这么可爱的与她同族的先生。磷火轻轻地向着她飞过来，跃过她，并以他们独特的方式大笑着。

"大婶，"他们说，"即便您的身体是一条水平的直线，这并没有任何意义。的确，从发光的方面来看咱们现在是同族，但是您只管看看吧，我们两位先生变成垂直的直线，身材同样苗条漂亮。"他们说着舍弃了自己身体的宽度，尽力把身拉得长长的瘦瘦的。

"您别生我们的气，亲爱的亲戚，您看，哪个家族可以以此来炫耀呢？自有磷火以来，我们没有哪个坐立不行，平躺也不行的。"磷火接着说。

在这种亲戚面前青蛇感到十分扫兴，因为她总想把自己的头高高地昂起，想抬多高就抬多高，而现在她却只能把头弯向地面，好赶快离开这个地方。刚才在昏暗的小树林里，她对自己美丽的光泽满心欢喜，而现在在两个晚辈面前，她的光似乎每时每刻都在减退。是的，她很害怕这光最终会完全熄灭。

在窘迫之中青蛇急忙问两位先生，能否告诉她，前不久落在山谷中的闪闪发光的金币是从什么地方来的。她猜想那是下了一场金币雨，是从天上掉下来的。磷火听了这话一边哈哈大笑一边摇晃着身子，顿时，大量的金币掉落在他们周围。青蛇迅速地追逐着金币，把它们一个个地吞掉。

"祝您吃得满意，亲爱的大婶！"两位先生殷勤有礼貌地说，"我们还能提供更多的金币款待您。"

他们又灵巧地摇了几回，那青蛇的速度跟不上了，忙得她团团转，好不容易才把这些昂贵的食物吞食完毕。显而易见，她的光在一步步增强，而且确实发出了最璀璨的光。此时磷光已变得又瘦又小，然而愉快的心情丝毫未减。

　　"现在我永远与你们联结在一起了，"青蛇吃完了金币后重新喘过气来说，"你们想干什么就尽管吩咐我吧，只要我力所能及，我愿意为你们效力。"

　　"太好了！"磷火高呼道，"说吧，美丽的百合花住在哪里？赶快给我们带路，领我们去百合花的宫殿和花园。我们已经心急如焚，恨不得能马上就拜倒在她的脚下。"

　　"这种差事啊，"青蛇深深地叹了一口气，回答说，"这事我可不能马上就办。美丽的百合花可惜是住在大河的对岸。"

　　"大河的对岸！在这暴风雨的夜晚让人把我们送过河？这河流是多么残忍啊，它把我们分开了！能不能再去把那老头儿喊来？"

　　"你们只能白费力气，"青蛇回答说，"就算你们在这边岸上能够找到他，他也不会搭你们过河。他可以把任何人运过来，但是不可以把任何人运过去。"

　　"那我们只好靠自己了！难道没有其他办法过河吗？"

　　"办法还是有一些，只是此刻不行。我本人就可以把两位先生送过河，但是得等到中午才行。"

　　"这正是我们不愿旅行的时刻。"

　　"那么你们可以到晚上时靠巨人的影子过河。"

　　"怎么过法？"

　　"高大的巨人住在离这儿不远的地方，他的身体什么事都干不了，他的双手连稻草都举不起来，他的肩膀扛不起一束干柴，但是他的影子能干许多事情，没错儿，甚至可以说是无所不为。所以他在太阳升起时和落山时最强大。到了傍晚，人们只可以坐到他影子的颈背上，随后巨人便小心翼翼地朝着对岸走去，用他的影子把游人驮过河。如果你们愿意中午到达那片树林的角落，我就可以送你们过河，并把你们介绍给美丽的百合花。那树林长得很密，而且紧靠着河岸。如果你们害怕中午的炎热，你们只好等到傍晚时到岩石湾去找巨人了，他肯定非常愿意帮忙。"

年轻的磷火先生微微鞠了一躬便离开了。青蛇很满意能够摆脱他们，她一方面为自己身上的亮光感到高兴，另一方面她的好奇心也将得到满足，这种好奇心曾经让她经历了千辛万苦，折磨了她很长时间。

在她时常爬来爬去的那些深谷里，她曾经发现有一处地方非同一般。尽管那时她爬过这些深谷时还不会发光，但是她通过触觉可以清楚地辨别各种不同的物体，光是那些不规则的自然产物，她到处可以碰到，所以习以为常。她时而在大水晶石块的利角中通过，时而触摸一下纯净的银矿石表面毛茸茸的植物茸毛和钩刺，把这一种或那一种宝石随身带到光天化日之下。然而令她大为吃惊的是，她在一处四周被封闭的山岩中感觉到了人的双手创造出来的物体：光滑得爬不上去的墙壁，锋利有规则的棱角，造型美观均匀的柱子，还有让她觉得最离奇的东西就是人的雕像，她曾好几次缠绕到他们身上。她认为这些雕像肯定是青铜制品，要不就是经过抛光的大理石制品。所有这些体验她都希望最终能通过视觉验证一下，凡是只能猜测的东西她都想证实证实。她相信自己现在有能力通过自己的光照亮这座埋藏在地下的圆拱建筑，彻底认识一下这些不寻常之物。她赶紧往回爬，很快在她爬惯了的路上找到一处裂缝，以往她总喜欢从这里钻进那圣地。

青蛇到达目的地后好奇地四处环顾，虽然她的光不能照到圆形大厅里所有的物体，但是照清楚近处的东西是足够了。她又惊讶又崇敬地抬头朝着闪闪发光的壁龛望去，那里面安放着一尊令人敬畏的国王雕像，是纯金的。按尺寸来看这雕像比一个人高，按身材来看与其说这个男人是高个子，不如说是一个矮个子。他的造型优美的身体裹着一件朴素的大衣，头发用一个橡树叶花冠束在一起。

青蛇刚刚一望这座令人崇拜的雕像，突然国王开始讲起话来，他问道："你从哪里来？"

"从深谷中来，"青蛇回答，"从有金子的地方来。"

"什么东西比金子更美好？"国王问。

"光。"青蛇回答。

"什么比光更令人舒畅？"国王又问。

"交谈。"蛇回答。

蛇一边回答一边斜着眼睛偷偷地瞟着旁边。在紧挨着的壁龛中，她看到另外一座威严的雕像。那里面坐着一位银国王。他的身体瘦长，披着一个佩有服饰的长袍，王冠、腰带和权杖上都镶嵌着宝石，他的目光流露着自豪的喜悦，看上去这位国王同样想讲话。这时大理石墙壁上一道深颜色的纹理突然亮起来，发出一种舒适的光，并扩散到整个殿堂。在亮光中蛇看到了第三位国王，他是青铜的，身材威武，倚着他的大头棒坐在那里，头上戴着桂冠。他看起来与其说像人，倒不如说是一尊岩石。青蛇到处东张西望想找出第四位国王，他站在离她最远的地方。这时墙壁突然打开，明亮的纹理犹如雷电一样闪了一下便消失了。

一个中等个子的老年男人从开启的墙壁中走了出来，吸引了青蛇的注意力。他的穿着像一个农民，手里提着一盏小灯，灯的火焰纹丝不动，让人非常喜欢看，它照亮了整个穹顶，奇怪的是竟然没有投下一点儿影子。

"你来干什么，是因为我们需要光？"金国王问。

"您知道，我不准许照亮黑暗。"

"是我的王国末日到了？"银国王问。

"还要迟一些，或者永远不会灭亡。"老人回答。

青铜国王以一种强健有力的声音开始发问。

"我什么时候能站起来？"

"快了。"老人回答。

"我应该与谁结盟？"青铜国王问。

"同你的几位兄长。"老人说。

"最小的弟弟会怎么样？"青铜国王又问。

"他将坐下来。"老人说。

"我还不累。"第四位国王嘶哑着声音结结巴巴地喊道。

在他们进行交谈的时候，青蛇悄悄地在殿堂里悠悠自得地爬来爬去，把所有的东西都观察了一遍，此刻正在仔细观看近旁第四位国王。他倚着一根圆柱站立着，身材巨大，不过他这样子与其说是健美，倒不如说是笨拙。第四位国王是金属的，只是不太容易分辨出是什么金属铸造的。经过一番细致观察才看出是一种合金，是用来建造他哥哥雕像的三种金属合制而成，但是在浇铸时这三种物质似乎没有很均匀地熔合在一起。金纹、银纹不规则地贯穿于青铜物质之间，赋予这座雕像一副不太雅观的外表。

这时金国王对老人说：

"你知道多少秘密？"

"三个。"老人回答。

"哪一个最重要？"银国王问。

"那个公开的。"老人回答。

"你愿意透露给我们吗？"青铜国王问。

"等我知道了第四个再说。"老人回答。

"这和我有什么关系？"合金国王喃喃自语道。

"我知道第四个。"青蛇说，她凑近老人，对着他的耳朵发出一阵咝咝声。

"是时候了！"老人强劲有力地喊到。神殿响起很大的回声，震得金属雕像铿然作响。就在这一瞬间，老人向西，青蛇向东沉了下去，匆匆回到深谷。

凡是老人走过的路，后面立即堆满了金子，因为他提的那盏灯有一种奇特的功能，它可以把所有的石头变成金子，把所有的木头变成银子，把死去的野兽变成宝石，还可以销毁一切金属；不过为了显示这种作用，只能这一盏灯亮，旁边不能有其他的光源，否则，它只能产生一种好看的亮光，使所有具有生命的东西都感到神清气爽。

老人走进建在山前的小屋，发现他的老伴坐在炉火旁悲悲切切，涕泣涟涟，很不开心。

"我是多么不幸哟!"她哭号着,"我今天真不该放你出去哟!"

"出了什么事啦?"老人平心静气地问。

"你刚一走,"她抽抽搭搭地说,"就有两个游客来到门前;我一时欠考虑,轻率地放他们进到屋里。他们看上去可像是规矩人哩,不过他们全身都发着光,别人会以为他们是鬼火呐。他们刚一进屋就厚颜无耻地用言语奉承我,并且步步紧逼,纠缠不休,让我想起来都害臊,我现在都不好意思再提这件事。"

"那两位先生大概是开玩笑吧,"丈夫微微一笑说,"因为在你这个年纪,他们本应该保持一般的礼貌才对。"

"什么年纪!年纪!"妻子大喊大叫着,"难道我该一天到晚听别人议论我的年纪?我到底有多老了?一般的礼貌!我可知道我知道什么。你回头看看这些墙壁是什么样子,好好看看那些古老的石头吧,一百年来我再也没有看到过这样的石头。可是现在,上面的金子都被他们津津有味地吃了下去,你想不到他们的动作有多熟练,他们还一再肯定地说,味道比一般的金子好多了。他们把墙壁上的金子全都吃完了,然后好像是增添了信心,而且我敢肯定,只一会儿工夫他们就变得又大又宽又明亮了。这时他们又开始戏弄我,说我是他们的王后,还摇动着身子,于是大量的金币掉的满地都是,你还是自己看看吧,它们都在长凳下面,还在闪闪发光呐,可是真倒霉哟!咱们的小狮子狗吃掉了一些金币,你看吧,它就躺在壁炉旁,已经死了。可怜的畜生哟!我真恨自己,到他们走了我才明白过来,否则我不会答应替他们偿还摆渡工的账的。"

"他们欠了什么?"老人追问。

"三个甘蓝头,"妻子说,"三个洋蓟和三个洋葱头。我答应了他们,天一亮就把这些东西送到河边去。"

"你可以帮他们这个忙,"老人说,"因为他们将来偶尔也能为咱们效力。"

"他们是否会帮咱们干事,这我可不知道,不过他们倒是答应了并且一再下了保证。"

这时壁炉里火光通明，老人撒了一层厚厚的煤灰压住了烧得正旺的煤火，把闪光的金币藏了起来，这时只剩下他的小灯在亮着。在美妙无比的灯光照射下，墙壁上又盖满了金子，小狮子狗变成了人们所能设想的最漂亮的缟玛瑙，这种贵重的矿物由于黑棕两色互相交替而使它成为罕见的艺术品。

"拿上你的篮子，"老人说，"把缟玛瑙放进去，再拿三个甘蓝头、三个洋蓟、三个洋葱头，把它们摆放在四周，然后提到河边去。将近中午时让青蛇送你过河。接着你去拜访美丽的百合花，把缟玛瑙交给她。她能够通过触摸杀死所有的生灵，她同样也可以通过触摸把小狗救活，她有了小狗就有了一个忠实的伙伴。告诉她，不要忧伤，她得救的日子就要到了，她应该把最大的灾难看成最大的幸福，因为是时候了。"

老妇人装好篮子天一亮便动身上路。初升的太阳从大河对岸把金灿灿的阳光撒过河面，河水在远处闪闪发亮。老妇人步履蹒跚，因为她的头上顶着篮子，这倒不是因为缟玛瑙，虽然它很重。凡是无生命的东西，她顶在头上不觉得怎么样，何况那篮子是悬在空中飘浮在她的头上。但是顶着新鲜的蔬菜，或者是活着的小动物她觉得特别难受。她闷闷不乐地走了一段时间，忽然她大吃一惊，慌忙停下脚步，因为她差一点儿踩到巨人的影子上，这影子越过平地一直向她这边伸展过来，现在她才看到威力无比的巨人，他游过河面，从水中爬了出来，老妇人不知道该如何躲避他。巨人一发现她，便戏谑地与她打招呼。他的一双手的影子随即伸进篮子，轻而易举地拿出一个甘蓝头、一个洋蓟、一个洋葱头，并把它们送到巨人的嘴里，然后巨人溯流而上给老妇人让出路来。

老妇人犹豫起来，是不是最好先回去，到菜园子里把缺的几样东西补上？她就这样思前想后举棋不定地继续往前走，不一会儿就到了河岸边。她在岸边坐了很久等候老渡工。终于她看见他载着一个不寻常的旅客划过来了。一个她怎么也看不够的高贵英俊的青年男子下了船。

"你带的是什么东西？"老渡工大声问。

"蔬菜，是两位磷火先生欠您的。"老妇人一边回答一边指着她的货物。

老渡工发现每样东西只有两个时十分恼怒，他斩钉截铁地说，他不能够收下。老妇人苦苦哀求他并告诉他，她现在不能回家，她还得往前赶路，带着这些东西太累赘太辛苦。摆渡工仍然拒绝收下这些东西，并让她相信，这件事连他也做不了主。

"这九件东西我必须同时收下，其中三分之一是付给河流的，否则一件也不能收。"

经过反反复复的商谈之后老渡工最后回答说："还有一个办法。如果您向河流担保，承认您是它的债务人，我便只收下我该得的这一部分。不过您这样做可是有危险的。"

"如果我遵守诺言我还会有危险吗？"

"那就一点儿危险也没有了。现在请您把手伸进河里，"老渡工接着说，"您向河流发誓，愿意在二十四小时之内还清债务。"

老妇人只好唯命是从。但是当她把手从水中抽出来时可真是吓了一跳，她的手变得漆黑。老妇人对着摆渡工破口大骂，并有根有据地说，她的手一直是她身上最美的一部分，尽管她净干粗活，但是她很会保养自己宝贵的肢体，使它们一直又白又嫩。她懊恼地看着自己的手突然绝望地惊呼道："糟了！我发现这手竟然在缩小，它比另一只手小了很多。"

"现在看来只能如此了，"老渡工说，"如果您出尔反尔不履行诺言，那就成真的了。您的手会越变越小，直到最后完全消失。您不用担心，以为这只手废了，您将来照旧能用它干所有的事，只是人们看不见它罢了。"

"我宁愿从此不能再使用这只手，但愿人们也别看出这件事。"老妇人说，"不过现在说什么也无济于事，为了尽快摆脱掉这层黑皮和这些烦恼，我会说话算数的。"

老妇人说完赶紧去拿篮子，而那篮子则自动地飞到她的头顶上，悬浮在空中跟着她。老妇人急忙去追赶那个年轻的美男子，他正慢吞吞地、无精打采地离开河岸。他的矫健的体态和独特的服装给老妇人留下了深刻的印象。

他的胸前护着一副闪闪发光的铠甲，他的肩上搭着一件紫袍，他没戴帽子，漂亮的棕色鬈发波浪般地飘垂着，他迷人的面孔和匀称的双脚任凭烈日曝晒，他赤着脚泰然自若地走在滚烫的沙子上，他极度的痛苦似乎压倒了其他一切表情。

爱说话的老妇人试图与他搭腔，但他总是三言两语就答复了她。最后，尽管他的眼睛很美，老妇人也感到厌倦了，因为想与他攀谈只能是白费心机。老妇人向他告别说："亲爱的先生，我觉得您走得太慢，而我可不敢耽误了时辰，我还得靠青蛇帮我过河，向美丽的百合花转交我丈夫的厚礼。"

她说着加快了脚步，急急忙忙地走了。那美青年顿时振作起来，紧紧尾随着她。

"您去美丽的百合花那里！"他惊喜地叫道，"那我们是同路了。您带的是什么礼物？"

"亲爱的先生，"老妇人答道，"您那么吝啬，三言两语便回绝了我的问题，而现在您却想探听我的秘密，这可不公平合理，哪儿也没有这么便宜的事。不过，如果您愿意进行交换，把您的遭遇告诉我，那么我也愿意不向您隐瞒我和我的礼物是怎么回事。"

他们双方很快达成协议。老妇人信赖地把自己的情况、把小狗的事都告诉了他，还让他看了那件奇异的礼物。

青年人立即从篮子里取出那件大自然的杰作并把小狗抱到怀里，那狗仿佛在安静地睡觉。

"幸运的小家伙！"他脱口喊道，"你将被她的手轻轻触摸，你将被她救活，而活着的人却得避开她，否则就会遭厄运。唉，我干吗这么伤心地诉说这些！让她看一眼而瘫痪不是更痛苦更可怕，还不如死在她手里！"

接着他又对老妇人说："您看看我吧，在我这个年纪，我不得不忍受不幸和痛苦。这件铠甲，我曾经在战争中光荣地佩带过，这件紫袍，是我力图通过贤明的统治赢得的，可是命运却把铠甲当成不必要的负担、把紫袍当成无足轻重的装饰留给了我。王冠、权杖、宝剑，都没有了。现在我同世人一样，家徒四壁，一无所有。这一切皆起因于她那双美丽的蓝眼睛，一双不吉利的眼睛，它们能使所有的生灵丧失力量和活力，而碰过她那双手的人，即使侥幸活下来，也只能像鬼一样地生活。"

他不断地抱怨着自己的命运，可是完全没能满足老妇人的好奇心。她不仅想了解他的内心状况，还想了解他的外部情况。可是她既不知道他父亲的姓名，也不知道他的王国的称号。青年抚摩着僵硬的小狮子狗，阳光和青年温暖的胸膛给了小狗热量，使人觉得它好像还活着似的。他打听了许多有关提灯老人的情况，详细地询问了那盏神灯的作用，仿佛将来能借此脱离厄难，逢凶化吉。

在他们谈话时他们看到远处有一座宏伟的拱桥横跨大河两岸，它在阳光的照射下闪着奇异的光泽。两个人都投以惊奇的目光，因为他们过去从未见过这座建筑是如此壮观。"怎么！"王子感叹道，"难道它还不够美吗？简直就像是用碧玉和绿石英石建造的！像是用祖母绿、绿石髓和贵橄榄石镶嵌在一起的，美轮美奂，让人都不敢踏上去。"

他们两人不知道这座桥是青蛇变成的，因为青蛇每天中午都把身子腾跃到对岸，以桥的形态勇敢地横亘于广阔的水面上。两个赶路的人怀着虔敬的心情跨上大桥，默默无言地走过去。

他们刚一到达对岸，那座大桥便开始摇摇晃晃地移动起来，不一会儿即接触到水面，显现出蛇的原形。青蛇滑动着身子跟在他们后面，他们刚要感谢青蛇允许他们踩着她的脊背过河，这时他们听出，除了他们三个以外肯定还有好多人跟随着他们，只不过他们的眼睛看不到这伙儿人。他们听到旁边发出一阵咝咝声，青蛇同样用一阵咝咝声回答他们。他们仔细倾听，终于能够听出如下的内容：

"我们将隐匿姓名和身份先到美丽的百合花的花园里四处去转转，"一些变化无常的声音在说，"当夜晚来临时，只要我们一出现，请求您把我们介绍给那位国色天香的美人儿。您将在大湖边上找到我们。"

"就这么定了。"青蛇回答。

然后，咝咝声在空中消失了。

现在他们三个行路者商量起来，他们以什么顺序走到美人儿面前，因为不管有多少人在她的周围，为了不让他们忍受剧烈的疼痛，他们只能一个一个来一个一个去。

老妇人带着篮子，装着变形的小狗，首先走近花园探访她的施主，并且轻而易举地找到了她，因为百合花刚好在弹着竖琴唱歌。婉转动听的歌声先使平静的湖面泛起一阵阵涟漪，然后宛如清风吹动着青草和小树随风飘荡。在一块被围起来的绿茵茵的草坪上，各种各样的树木苍翠欲滴，树荫下坐着美丽的百合花。老妇人一见到她不由得心醉神迷，一段时间没见面她竟越发出落得楚楚动人了。善良的老妇人从老远就冲着这位可爱的姑娘大声问候并称赞她的美丽。

"看到您真高兴啊，您坐在这里使您周围的天空都变得更加辽阔！竖琴倚在您的怀里是这样迷人，仿佛它渴望投入您的怀抱！您的双臂是这么轻柔地围绕着它，您纤细的手指拨动着它的琴弦，使它发出这么悦耳的声音，要是哪个小伙子能够取代它的位置，他一定会感到三倍的幸福！"

老妇人一边说着一边走近百合花。美丽的百合花张开双眼，垂下两手回答说："不要用不合时宜的称赞来烦扰我，我会因此而更加感到我的不幸。你瞧，在我的脚旁躺着可怜的金丝雀，它已经死了。它曾经用最清脆的歌喉为我的歌声伴唱，它常常落到我的竖琴上又小心翼翼地不碰到我。今天，当我清早醒来神清气爽地开始唱一曲平缓的晨歌时，我的小歌手比任何时候都更加快活地为我伴唱，突然一只苍鹰从我头上急速冲过，可怜的小东西被吓坏了，连忙逃到我的怀里，旋即我便感觉到它最后抽动一下告别了生命。尽管那空中强盗被我的目光击中，它无力地坠落到湖旁边，但是惩罚它对我又有什么用，我的小宠物已经死了，它的坟穴只能用来繁殖我花园里勾人伤心的灌木丛。"

"请您振作起来，美丽的百合花！"老妇人大声说，而她自己却在不断地擦着眼泪，可怜的姑娘凄婉的叙述使她潸然泪下。

"请您节哀！"老妇人继续说，"我的老伴让我告诉您，您不必再悲伤，因为最大的不幸预示着最大的幸福将要到来。他说，是时候了。的确，世界上的事物就是这样千变万化。您瞧瞧我的手吧，它现在变得多么黑呀！真的，它已经小了很多，在它完全消失之前我必须得抓紧时间！为什么我非得表示愿意帮助鬼火？为什么我非得碰到巨人？为什么我非要把手浸到河里？难道您不能给我一个甘蓝头、一个洋蓟和一个洋葱头吗？这样我便可以把它们交给河水，我的手又会像以往那样白嫩，甚至与您的手相差无几。"

"甘蓝头和洋葱头你大概还可以找到，但是你想找到洋蓟只能是白费心思。在我的大花园里，所有的植物既不开花也不结果。不过我折来并插在每一个小宠物坟茔上的嫩枝可以立即发芽长大。所有这一丛一丛的树木，这些灌木丛、这些小树林，我亲眼看着它们成长。这些树冠繁茂的伞松，这些方柱形的柏树，还有巨大的橡树和山毛榉，原本都是柔嫩的枝条，我把它们当成一座座寄托哀思的纪念碑亲手插在这本不肥沃的土地上。"

老妇人没大留意百合花的谈话，只管一个劲儿地盯着自己的手。在美丽的百合花面前它似乎越来越黑，一分钟一分钟地在缩小。她正想提起篮子赶快离开，突然她觉得，还有一件最重要的事差点儿忘记了。她立即取出变形的小狗，把它放到离美人儿不远的草地上。

"我的丈夫送给您这个纪念物，"她说，"您知道，您的触摸能够使宝石复活成小狗，这个忠实乖巧的小畜生肯定会使您感到无限的欢乐。尽管我失去它很难过，但是只要想到是您得到了它，我也就转忧为喜了。"

美丽的百合花饶有兴致地看着这个乖巧的小动物，她似乎有些惊讶。

"许多迹象都凑到一起了，"她说，"它们又让我有了希望。不过，唉！这不会只是我们的错觉吧，当许多不幸同时发生时，我们就会幻想幸福即在眼前。"

吉祥的征兆如何帮我？

使我的小鸟死去，让女友的手变黑？

把无以匹敌的狮子狗变成宝石？

难道它不是神灯所派？

远离人间甜蜜的享受，

与我做伴的只有忧愁，

啊！为什么神殿不建在河边？

啊！为什么河上不架起桥梁？

善良的老妇人不耐烦地听她唱着。百合花一边唱一边拨动琴弦，用优雅的琴声伴奏。这歌声肯定能使其他任何人陶醉，而老妇人却焦急万分。她正想告辞，青蛇来了。老妇人再次被阻拦。青蛇听完歌曲的最后一个音符，立即信心十足地对美丽的百合花进行劝解和鼓励。

"桥的预言已经实现了！"青蛇大声说，"问问这位善良的女人吧，拱桥出现时是多么壮观啊！不透明的碧玉以往不过是普遍的绿石英，通过阳光的照射顶多棱角之处透明闪光，而现在整块碧玉都变成了透明的宝石。没有一块绿宝石有它这样晶蓝透明，也没有一块纯绿宝石有它这样光彩夺目。"

"我祝愿您幸福，"百合花说，"只是请您原谅我，如果我认为预言还没有实现。您的高高的拱桥只有行人能通过，但是我们期待的却是马匹和车辆以及各种类型的旅行者同时在大桥上过往。另外，不是曾经预言桥墩会从水中升出来吗？"

老妇人的眼睛一直盯在自己的手上，这时她打断谈话向百合花告别。

"再待一会儿，"美丽的百合花说，"请带上我那可怜的金丝雀，求求神灯，把它变成一块美丽的黄玉，然后我想通过触摸使小鸟复活，让它和您的乖巧的小狗成为我最好的消遣。不过您得尽快赶路，因为太阳一落山可怜的小东西就会腐烂，这会永远使它的身体变得支离破碎。"

老妇人把小小的尸体放在篮子里柔嫩的绿叶上急忙离去。

"不管怎样，"青蛇接上被打断的话题继续说，"神殿建成了。"

"但是它还没有矗立在河边上。"美人儿回答说。

"现在它沉睡在大地深处，"青蛇说，"我见到了几个国王并跟他们交谈过。"

"他们什么时候出现呢？"百合花问。

"我听到神殿里响起过这样的断言：是时候了！"

美丽的百合花开始面露喜色。她说："这句让人高兴的话我今天已经是第二次听到，能让我第三次听到这句话的日子将在何时到来呢？"

百合花站了起来，立刻从树丛中走出一个妩媚动人的使女，从她手中接过竖琴。接着又走出一位使女，把百合花坐过的象牙雕椅折叠起来，把闪着银光的坐垫夹到腋下。第三位使女打着一把绣着珍珠的遮阳伞出现了，她看样子是在等待百合花散步时需要她。三位使女长得又漂亮又迷人，语言都难以描述，这更加突出了百合花的娇媚，因为每一个人都不得不承认，她们根本无法与百合花相媲美。

美丽的百合花慈爱地注视着神奇的狮子狗，她弯下腰去触摸它，旋即小狗跳了起来，它活泼地东张西望，不停地跑来跑去，最后奔向它的救命恩人，极为亲切地问候她。百合花把小狗抱到怀里，紧紧地搂住它。

"你身上怎么这么寒冷？"美丽的百合花惊叫道，"虽然你的生命只恢复了一半，我仍然欢迎你。我愿意温柔地爱你，耐心地与你嬉戏，亲切地抚摩你，紧紧把你搂在怀里。"

说完她放下小狗，把它从身边轰走，又把它叫回来，就这样温文尔雅地与它玩耍。然后，她跟着小狗一起在花园里到处乱跑，那么快活，那么天真无邪，人们欣喜若狂地注视着她，分享着她的欢乐，就像刚才每个人的心都在分担她的悲痛对她深表同情一样。

欢乐的气氛，开心的玩耍由于忧郁的青年王子的出现被打断。他走进花园，还是我们原来见到的那副打扮，只是白天的炎热似乎使他显得更加疲劳沮丧。一看见自己所爱的人，他的脸色即刻变得更加苍白。王子的手上架着一只苍鹰，它安静得像一只鸽子，两只翅膀耷拉着。

"这可不太友好，"百合花冲着他喊着，"你怎么把这可恨的畜生带到我的眼前，这个作恶多端的东西今天把我的小歌手害死了。"

"不要责骂这只可怜的大鸟，还是抱怨你自己和命运吧，请发发慈悲让我和我苦难的伙伴在一起吧。"

这期间小狮子狗没有停止逗弄它的女主人，百合花也以极为亲切的举动对这娇嫩的宠物做出回答。她拍手驱赶它，然后又追过去把它引回来，它一跑开她就设法去捉它，它想贴近她时她又把它从身边赶走。

青年王子一声不吭地静静地看着，越看心里越火。最后，当百合花把他觉得那么可憎恶心的畜生抱到怀里，把它紧紧按在雪白的胸脯上，并用她那天使般神圣的双唇吻着那黑爪子时，他已经忍无可忍。他充满绝望地喊道："难道我的命运非得如此悲惨吗？见到你却不能接近你，而且可能永远这样下去！由于你我失去了一切，是的，甚至失去了我自己！难道非得让我眼睁睁地看着这个违反自然的怪胎逗你高兴、牵制你的爱心并享受你的拥抱吗？难道我应该还要更长久地在这条河上过来过去，沿着这令人伤感的轨迹走下去吗？不！在我胸中还闪烁着传统英雄气概的火焰，此刻它已燃烧成冲天大火！如果石头也能偎依在你的怀中，那么我情愿变为石头；如果接触你能致命，那么我情愿死在你的手中。"

说完这一番话后他做了一个猛烈的动作，苍鹰从他手上飞起，旋即他猛然向着美人儿扑去，美人儿慌忙伸出双手抵挡，不小心提前触及了他，他失去了知觉。美丽的百合花惊愕地感到，这个英俊的青年沉重地压在了她的胸上，她惊叫一声踉跄后退，可爱的青年从她的怀中倒地身亡。

灾祸发生了！人见人爱的百合花一动不动地僵立在那里，目光呆滞地注视着这具已魂归西天的尸体。她的心似乎已经凝固在胸中，她的眼里没有泪水，小狗徒然乞获她的爱怜和抚摩。整个世界都同她的恋人一起死了。她陷入无言的绝望之中，没有寻求帮助，因为她知道，没有人能帮上忙。

然而青蛇却异常活跃忙碌起来。她仿佛在思索抢救的办法。她奇特的活动确实有用，至少在一些时间内阻止了这场灾祸的下一个可怕的后果。青蛇把自己柔软灵活的身体拉长，围绕尸体盘成一个大圆圈，用牙齿咬住尾巴的末端，安安静静地躺在那里。

不久，其中一个漂亮的使女走了出来，她拿来象牙雕椅，用亲切的手势一再请求百合花坐下。紧接着第二个使女来了，她拿来一个火红色的面纱，她把女主人头部与其说遮住还不如说是装饰了一番。第三位使女把竖琴递给她，她刚一把这高雅的乐器抱在怀里拨动琴弦发出声响，这时第一个使女又手拿一面明亮的圆镜回来了。使女站到百合花对面，偶尔看一下她的眼色，用镜子照出她那只能在大自然中才能看到的无与伦比的可爱的形象。痛苦增添了她的美丽，面纱增添了她的魅力，竖琴增添了她的优雅。人们渴望能见到改变她悲伤的状况，衷心祝愿她永远保持住此刻的美丽形象。

百合花默默地朝镜子望了一眼，拨动琴弦，时而奏出一串柔润悦耳的音调，时而她的痛苦仿佛又在加剧，这时琴弦对她的悲叹做出强烈的反响。有几次她张开嘴想歌唱，但是她已经发不出声音。然而不久她的痛苦溶化成为泪水，两位使女关怀备至地挽住她的手臂，竖琴从她的怀里跌落下来，一位手疾眼快的使女赶紧伸手接住拿到一旁。

"谁能在太阳落山之前把提神灯的老人给我们找来？"青蛇发出的咝咝声虽然微弱，但却清晰可闻。使女们互相顾盼，百合花泪痕满面。这时，老妇人带着篮子气喘吁吁地跑了回来。

"我完了，我的手残废了，"她大喊大叫，"你们看哪，我的手几乎完全消失了！老渡工和巨人都不愿意送我过河，因为我还欠着河水的债。我提供一百个甘蓝头和一百个洋葱头也没有用，人家不想多要，只要三个，一样一个。可是在这一带我现在连一个洋蓟也找不到。"

"忘掉您的危难吧！"青蛇说，"设法在这里帮帮忙，或许您自己也能够同时得到帮助。您尽快跑一趟去寻找磷火先生。现在还太亮，看不见他们，不过也许您能听到他们的笑声和嬉戏声。如果他们动作迅速就能赶上巨人送他们过河，他们能找到提神灯的老人并把他送来。"

老妇人又掉头疾步而去，能有多快就有多快。青蛇似乎与百合花一样，心焦如焚地期盼着两位磷火的到来。可惜，太阳正在下沉，现在只能给树丛中最高的树梢镀上一层金色并在湖面上草地上投下长长的阴影。青蛇急得团团转，百合花涕泗滂沱哭得像泪人儿一般。

在这危急的时刻，青蛇举目四处张望，她每时每刻都在担惊受怕提心吊胆，因为残阳即将落尽，蛇身盘成的魔圈将不能再起到防腐作用。那时，美丽的青年就会开始腐烂。终于她在高空中发现了苍鹰，它展开紫红色的羽毛，用胸膛截住最后几缕阳光。青蛇为这种好的兆头高兴得浑身发抖，而且她也没有失其所望，因为紧接着人们看到，提灯老人正越过湖面往这边滑过来，就仿佛他穿着冰鞋在冰上滑行似的。

青蛇没有移动位置。百合花站起来对着老人高喊着："是哪一位善神派你来的？我们此刻正迫不及待地盼着你需要你哪！"

"是神灯敦促我来的，"老人回答说，"是苍鹰给我带的路。如果有人需要我，神灯就喷火，这时我就在空中寻找信号，任何一只鸟或一颗星都能向我显示方位，指明我该转向何处。无比美丽的姑娘，请你先保持镇静！我现在还不知道能否帮上忙。一个人的力量是不够的，非得在适当的时候很多人联合起来互相配合才行。我们还得推迟一下，但愿能如此！"

老人接着对青蛇说："别动窝，把圈子封闭严实！"

他坐到青蛇旁边的一个小土丘上，用神灯照着无生命的躯体，说："把可爱的金丝雀也拿过来，把它放进魔圈里！"

使女们从老妇人留在地上的篮子里取出那具嫩小的尸体听从老人的安排。

太阳落山了。天色越来越暗。这时不仅青蛇和老人的神灯在按照自己的方式发光，而且百合花的面纱也发出柔和的光，它就像薄薄的一层朝霞，映红了她那苍白的面颊和白色的长袍，无限媚人。人们静静地沉思互相望着，由于有了盼头，忧虑和悲伤得到了缓和。

老妇人在两位活泼的磷火先生陪同下兴高采烈地出现了。磷火到目前为止肯定体力消耗很大，因为他们又消瘦了很多，但是他们对公主和其余的女人态度更加温文尔雅。他们煞有介事绘声绘色地说着一些相当平常的事情，特别表现出被美女们头戴发光的面纱所散发出的魅力所吸引和感动。美女们被恭维得谦逊地垂下眼睛，对她们美貌的赞扬的的确确使她们显得更美了。这时每个人都露出满意的神情，心平气和地等待着，只有老妇人除外。尽管她的丈夫一再担保，只要有神灯照着，她的手不会再缩小，她还是一而再，再而三地声称，如果再这样下去，不到午夜她的这只宝贵的手将会完全消失。

提灯老人仔细地倾听着两个磷火的谈话，他看到他们的谈话驱散了百合花的忧愁，使她又露出微笑时，他才如释重负。午夜来临，人们不知该怎么办，提灯老人仰望着星空又开始说："在这逢凶化吉的时刻，大家要齐心协力。每个人都要恪守职责，每个人都要尽自己的义务。共同的幸福将溶化个人的悲痛，正如共同的不幸会吞噬个人的快乐一样。"

老人说完立即响起一片令人惊叹的嘈杂，全体在场的人或自言自语、或大声发言出谋划策。三个使女悄然无声，她们一个在竖琴旁边、一个在遮阳伞旁、一个在安乐椅旁已安然入睡。大家没有因此责怪她们，因为时间已经很晚。发光的磷火青年一直兴致勃勃地向着百合花，甚至三个使女大献殷勤，这时才发现，听他们调侃的只剩下最美丽的百合花了。"抓住镜子，"老人对苍鹰说，"反射出第一缕晨光照着使女，在空中用反光把她们照醒。"

青蛇这才开始移动身子解除魔圈，她绕了一个大圈缓缓地向着大河爬去。两位磷火庄严地跟在她后面，人们本来就该把磷火看成是最严肃的火焰。老妇人和她的丈夫抓住篮子，到目前为止，人们几乎一直没觉察出，篮子也在微微发光。两位老人从两旁拉扯篮子，篮子越拉越大，发出的光越来越明亮。接着他们把王子的尸体抬到篮子里，再把金丝雀放到他的胸上。篮子升到空中，飘在老妇人的头顶上，老妇人尾随着磷火，美丽的百合花抱起狮子狗紧跟着老妇人，提灯老人走在队伍的最后面。他们所经过之处奇迹般地被这些形形色色的光照得通明。

当这一列人到达河边时，他们异常惊诧地看到，一座壮观的拱桥飞架大河两岸，乐善好施的青蛇为他们铺设了一条光芒四射的路。如果说人们白天过桥时赞叹大桥宛如由透明的宝石构成，那么现在在夜里则对它的灿

119

烂辉煌感到无比惊讶。明亮的拱桥向上穿透漆黑的夜空，向下时强烈的光线朝着中心闪烁移动，显示出这座建筑既坚固又可移动。一行人从容不迫地向对岸走去。老渡工远远地站在小屋前，惊异地注视着闪光的拱形物和上面移动着的种种奇异的光。

他们刚一到达对岸，拱桥又开始晃动起来，像波浪一样起起伏伏地逐渐向着水面贴近，紧接着游到岸上。篮子降落到地上。青蛇又盘成圆圈把篮子围起来。提灯老人俯下身子问她："你决定怎么办呢？"

"牺牲我自己，直到我牺牲为止。"青蛇回答，"不过你要答应我，不让一块宝石留在岸边。"

提灯老人作了承诺，然后对美丽的百合花说："用左手摸着蛇，用右手摸着你的情人。"

百合花跪下来两只手分别摸着青蛇和尸体。顷刻间尸体好像又有了生命。王子在篮子里动了动，没错儿，他撑起身子坐了起来。百合花正要拥抱他，老人连忙制止住她。他帮助青年王子站立起来，牵着他跨出篮子，走出魔圈。

青年站着，金丝雀扑扑振翅飞到他的肩上，他们复活了，不过还有些神志不清。俊美的王子虽然张着眼睛，却仿佛什么也看不见，至少他对一切都显得十分冷漠，无动于衷。人们对这件事的惊讶程度刚有所缓和，却发现青蛇已面目皆非。美丽苗条的青蛇已化解成无数闪光的宝石，老妇人想拿篮子时无意中碰了一下才发现。人们再也看不到蛇的踪影，只看到草地上遗留下一圈闪闪发光的宝石，非常漂亮。

提灯老人立即动手把宝石捧到篮子里，他的妻子也不得不帮忙。然后二人把篮子抬到岸边一块突出的地方，把全部宝石都倾入河里，在这个过程中，老人曾因为百合花和他的老婆想从中为自己挑选几块宝石而对她们不无反感。宝石宛如天上闪闪发光、熠熠生辉的星星随波而去。人们无法知道，它们是立即沉入了河底，还是消失在远方。

"亲爱的先生们，"老人恭恭敬敬地对磷火说，"现在我给你们指路，并为你们打开通道。如果你们能够为我们打开神殿的大门，那就帮了我们大忙，除了你们，没有人能开这扇门，而我们必须从这里进入神殿。"

磷火规规矩矩地鞠了一躬，停住脚步，让提灯老人走到前面。老人率先进入迎面而开的山岩。青年王子机械地跟在后边。百合花沉默不语、犹豫不决地走在他后面不太远的地方。老妇人不情愿地跟在她后面，使劲伸着手，以使她丈夫那盏灯的光能照到她手上。磷火走在队伍的最后，他们一边走一边把头凑到一起，好像在互相交谈。

这支队伍没走多久便来到一个大铁门前，两扇门被一把金锁锁在一起。提灯老人立即喊磷火过来，他们没让多喊，迅速用他们最顶端的火焰麻利地吃掉门锁和门闩。

铁门发出巨响猛然开启，神殿里几位国王威严的雕像在神灯的照耀下显现出来。每个人都在令人敬畏的统治者面前鞠躬致意，尤其是两位磷火，更加毕恭毕敬，九十度的大躬自然是少不了的。

稍停片刻之后金国王问道："你们从哪儿来？"

"从人间来。"提灯老人回答。

"你们到哪儿去？"银国王问。

"到人间去。"老人说。

"你们在这儿想干什么？"青铜国王问。

"陪伴你们。"老人说。

合金国王刚想开口讲话，这时金国王对离他最近的磷火说："从我跟前滚开，我身上的金子不是为你们的嘴巴准备的！"

磷火于是又转向银国王并紧挨着他站着，银国王的长袍被他们淡黄色的反光照得闪着漂亮的光。

"我欢迎你们，"他说，"不过我不能喂养你们，到外面去找金子吃吧，并把你们的光带给我。"

磷火离开银国王，从青铜国王身旁悄悄溜过，青铜国王似乎没有发觉他们。

他们朝着合金国王走去。

"谁将主宰世界？"合金国王结结巴巴地喊道。

"自强自立者。"提灯老人回答。

"这就是我！"合金国王道。

"会有启示的。"老人说，"因为是时候了。"

美丽的百合花搂住老人的脖子，一往情深地亲吻他。

"圣父，"她说，"我非常非常感谢你。因为这句充满预兆的话我已经第三次听到。"

她刚一说完这句话就更紧紧地抱住了老人，因为神殿的地面在他们脚下摇晃起来。老妇人和青年王子也互相求助地靠在一起支撑着。只有活泼敏捷的磷火什么也没有注意到。

人们可以清楚地感到，整个神殿都在晃动，仿佛是一条起锚后缓缓驶离海港的船。地球的底层似乎裂开了，整座神殿掉了进去，没有一处碰到障碍，没有一块岩石挡路。

少顷，好像有毛毛细雨通过穹顶的缝隙淅淅沥沥地落进来。老人牢牢地抓住美丽的百合花对她说："我们是在河的下面，快到目的地了！"

不久他们以为运动停顿了，然而大失所望，神殿又在上升。

突然，他们头上传来奇异的隆隆声。七扭八歪地连接在一起的房板和房梁嘎嘎作响抛向穹顶裂口处。百合花和老妇人跳到一旁。提灯老人抓住青年的手一动不动。这是老渡工的小屋，神殿上升时把它从地面托起并吞没，小屋逐渐下沉，一下子罩住青年和老人。

两个女人高呼救命，而神殿犹如一条意外撞到陆地的船，不停地摇来荡去。天已破晓，两个女人忧心忡忡，急得围着小屋团团转。小屋的门锁着。她们敲门，没有回响。她们用力再敲，终于听到木头的响声，这真使他们吃惊不小。被封闭在小屋内的神灯正在发挥威力，把小屋从里至外变成银屋。不久，连小屋的形状也改变了，因为这种贵重的金属把木板、木柱和房梁偶然形成的形态定了型，并且由于联动作用不断扩展成一座富丽堂皇的房子。于是大神殿的中央又套着一个小神殿，或者如果人们愿意，可以把小的看成一座祭坛。

高贵的青年顺着里面的阶梯登上祭坛，老人用神灯照着他，似乎另有一个男人搀扶着他。这个男人身穿白色短衣，手握一把银桨。人们马上认出，他就是老渡工——小屋变形前的住户。

美丽的百合花顺着外面由神殿通向祭坛的级梯爬上去，不过她仍旧必然与她的恋人保持一定的距离。在神灯被封在小屋期间，老妇人的手越来越小。她提高嗓门嚷着："难道就该我还得倒霉吗？发生了这么多的奇迹，难道就没有一个奇迹可以救我的手吗？"

她的丈夫指着打开的门说："你看，天亮了。赶紧去到河里洗个澡。"

"什么鬼主意哟！"她喊到，"你大概是想要我全身都变黑，整个人都消失掉吧！我欠河水的债还没还清呢！"

"去吧，"她的老伴说，"听我的话！所有的债务都偿还了。"

老妇人急急忙忙走了。这时晨光已经照射到穹顶的垂花雕刻上。老人走到青年小伙和妙龄女郎中间，放开嗓子大声说："有三种东西统治着世界：智慧、光和权势。"

老人说到智慧二字时金国王站了起来，说到光时，银国王站了起来，说到权势时，青铜国王慢慢地站起来。

突然合金国王笨拙地坐了下去。谁看到他那副模样几乎都会忍俊不禁，尽管在这种庄严的时刻。说他是坐，其实他坐不像坐，躺不像躺，靠不像靠，而是怪模怪样地瘫倒在那里。

一直围着合金国王转来转去忙忙碌碌的两位磷火先生这时走到一旁，尽管在晨曦中他们面色苍白，但是他们显然已经吃得足足的，火焰也旺盛多了。原来他们刚才用他们尖尖的火舌极为灵巧地把合金国王身上横七竖八的金纹理全给吃空了，连嵌在金纹最深处的金子也无一幸免，被他们舔得干干净净。一开始庞大的雕像还挺了一阵子，没有变形垮倒。但是最后，当最纤细的金纹也被掏空之后，雕像终于支持不住，一下子坍倒，可惜正好塌在完好无损之处，人缩成一团，本来能活动的关节僵直了。看到这一堆似有形又无形不伦不类的金属混合物，谁要是不笑，起码也得赶快把目光移开。

提灯老人领着仍然呆呆地目视前方的美青年从祭坛上走下来，径直朝着青铜国王走去。在这位强大威武的王侯脚下横放着一把宝剑，剑套在青铜剑鞘里。青年系上佩带。

"左手握剑，右手空着！"强大的青铜国王喊道。

接着他们朝银国王走去。他把他的权杖倾向青年，青年用左手握住权杖。银国王和颜悦色地说："去放牧羊群！"

当他们走向金国王时，他慈父般地祝福青年，把栎树叶花冠按到青年头上，说："认清最高尚的事业！"

在巡行过程中，提灯老人一直密切细心地注意这位青年王子。老人看到，青年佩带上宝剑时，他的胸部挺了起来，他的臂膀能活动了，他的双脚走起路来更加稳重坚实。他接过权杖时，力量似乎有所减弱，通过无言的鼓励很快又仿佛变得强大无比。当栎树叶花冠装饰起他的鬈发时，他的面部表情开始活跃，两眼炯炯有神，闪闪发亮，而他脱口而出的第一句话就是"百合花"。

"亲爱的百合花！"他喊道，并登上银梯向她疾步走去，因为百合花一直在祭坛顶部观看他巡行。

"亲爱的百合花！除了你心中对我默默的爱，一个拥有一切的男人还能向往什么呢？"

"啊，我的朋友！"青年眼望三尊神圣的雕像对着老人继续说，"我们先辈创立的王国美丽富庶，国泰民安。但是你忘记了第四种力量，这就是爱情的力量，它比任何力量都更早、更普遍、更可靠地主宰着这个世界。"

说完他热烈地拥抱美丽的姑娘百合花。百合花摘下面纱，脸颊泛起永远不会消失的最美的红晕。

接着，老人微笑地说："爱情不能主宰，但是它能创造，这就足够了。"

由于人们沉浸在欢畅、幸福和喜悦之中，没有察觉到天色已经大亮。通过敞开的大门，外界社会中一些完全没有料想到的景物引起他们的注意。神殿前出现一个大广场，广场周围矗立着许多高大的圆柱。在广场终止处，人们看到一座宏伟的多拱长桥飞架到大河对岸。大桥两侧为步行者和游人建立起舒适华丽的拱廊。大桥上人山人海，熙来攘往。大桥中间有一个宽广的大道，牛群、羊群、骡子、赶车的、骑马的川流不息，非常热闹。人人几乎都无限赞赏大桥的舒适和雄伟。新的国王和王后看到这个伟大的民族如此繁忙和生气勃勃深感欢欣鼓舞，同时他们相互之间的爱情使他们感受到莫大的幸福。

"你应该对蛇表示敬意并要永远怀念她，"提灯老人说，"是她给了你生命，给了你的国民这座大桥，有了大桥，相隔的两岸才活跃起来，连接起来。那些浮在河里的灿烂宝石——青蛇献身后的遗骸，构成了大桥的基墩，这座壮观的大桥是在这种基墩上出现的，并将永远保存下去。"

人们正渴望老人揭示这个神奇的秘密，这时四个美女走进神殿的大门。从竖琴、遮阳伞和象牙雕折椅人们马上认出其中三位是百合花的使女，而第四位，比那三位更加漂亮的一个，是一位陌生人，她一边像姊妹般地同三位使女开着玩笑，一边急急忙忙穿过神殿登上银梯。

"你将来会更加相信我了吧，亲爱的老婆？"提灯老人对第四位美人儿说，"祝你和今晨每一个在河里洗过澡的人健康！"

老妇人犹如出水芙蓉，又娇嫩又美丽。她原来的形象没有留下一丝痕迹。她用充满活力的年轻的双臂搂住提灯老人，老人亲切地接受了她的拥抱和亲吻。

"如果你认为我太老了，那么你今天可以为自己另外挑选一位丈夫，"老人微笑地说，"从今天起我们的婚姻已经无效，而且永远不会重新缔结。"

"你难道不知道你也变年轻了吗？"美人儿回答说。

"我很高兴，如果我在你年轻的眼睛里被看成一个勇敢的小伙子。我愿意再次拉起你的手娶你为妻，并且与你一起再活上一千年。"

王后欢迎她的面目一新的女友，同她以及三位使女走下祭坛，这时国王站在两个男人中间眺望着大桥，聚精会神地观看擦肩接踵的人群。

但是国王怡然自得的心境没能维持很久，因为他看到一个庞然大物，引起他一阵反感和厌恶。高大的巨人好像还没有从晨觉中完全清醒，他昏头昏脑跟跟跄跄地从桥上过来，在那里引起一片混乱。

巨人本来同往常一样睡眼惺忪地起了床，并打算到一个熟悉的河湾去洗澡，然而河湾竟不见了，代替它的是一片陆地。巨人笨手笨脚地摸索到大桥宽广的铺石路面上，夹杂在行人和牲畜之间。他的出现虽说招来众人惊奇的目光，却也没有人过分注意他。但是后来太阳晃得眼睛睁不开，他举起拳头去擦，这时两只大拳的影子在身后的人群中猛烈笨重地晃来晃去，打得无数行人和畜生跌倒、受伤，并险些被抛到河里。

国王看到这种罪恶之举不由自主想去拔剑，突然他意识到了什么，先镇静地望望他的权杖，然后又瞧瞧老人的神灯和老渡工的银桨。

"我猜得出你的想法，"提灯老人说，"但是我们和我们的力量对于无知觉的行为无能为力。冷静一些！这是他最后一次伤害人了。幸运的是他的影子没落到我们这边。"

这期间巨人越走越近，他睁开双眼看到的景象使他大吃一惊，不由得垂下双手不再造成危害，并且目瞪口呆地跨入神殿前的广场大院。

巨人径直朝神殿大门走来，当他走到院子中间时，忽然被固定在地上，他成了一尊巨大的放着红光的宝石雕像。他的影子呈环状围绕着他，正好用来显示时间，不是用数码，而是用嵌入的贵重名画。

国王看到巨人的影子得到合理利用，心里无限喜悦。王后打扮得雍容华贵，在几位妙龄女郎的陪伴下走上祭坛，当她看到这尊奇异的雕像几乎遮住从神殿到大桥之间的全部视野时心里惊叹不已。

这时民众前挤后拥地朝着巨人走来，因为他一动不动，人们一下子围住他，惊奇地观看他的变化。然后他们转向仿佛刚刚才发现的神殿，争先恐后地挤入殿门。

此刻，苍鹰抓住镜子高高地悬浮在神殿圆顶上方的空中，它用镜子吸足阳光，然后射向祭坛上的几个人。国王、王后和他们的陪同人员被天光所照，显现在神殿里渐渐明亮的穹窿之中，民众一见纷纷拜倒在地上。当这一群人恢复常态并站立起来时，国王和他的随行人员已经下到祭坛里面，从那里通过秘密大厅前往他的宫殿。于是百姓一哄而散，到神殿各处去满足他们的好奇心。他们怀着惊讶和敬畏之情瞻仰三位傲然挺立的国王雕像，而且更想知道第四个壁龛里有什么，因为那上面遮了一张厚厚的挂毯，没有任何人的目光能够穿透，也没有任何人敢把挂毯掀起。不管是谁，肯定是出于好意用这张华丽的挂毯遮住了已经塌成一堆的合金国王。

倘若人们的注视力不重新被引向大广场，那么他们还会在神殿里不停地观看，不断的惊讶，还会有更多的人蜂拥而至，把圣殿挤得水泄不通透不过气来。

这时在外面金币犹如自天而降，叮当作响地落到大理石地面上。近在咫尺的游人立即冲过去抢夺金币。这奇迹反复出现，金币时而落到这里，时而落到那里，人们大概意识到了，这是正在离去的磷火又在寻欢作乐，尽情地挥霍从倒塌的国王身上弄来的金子。人们贪婪地来回跑了好一阵子，他们挤来挤去，而且还互相撕扯着，忙得不可开交，直到没有金子再落下来。终于人群渐渐散去，各行其路。如今那座大桥上仍然挤满了游客，那神殿也成了世界上游客最多的游览地。

127

射　击

[俄]　普希金

我们开枪了。

我发誓有权按决斗规则打死他。

一

我们驻扎在××小镇。军官的生活是大家都熟悉的。早晨上操，骑术训练，然后上团长家或犹太人开的小饭铺吃午饭，晚上喝酒打牌。在××镇没有一家大门敞开招待宾客的府第，也没有一个待字的女郎，在这儿，除了一件件戎服，再也休想看到别的了。

属于我们圈子的，只有一个人，不是军人。他三十五岁左右，因此我们把他当成长者。阅历使他在我们面前拥有许多优点，再加上他平素脸色阴沉、性情冷峻、言辞尖刻，因而他对我们年轻人的头脑发生了强烈的影响。他的身世蒙上了某种神秘色彩，他似乎是俄罗斯人，但又取了个外国名字。他曾经当过骠骑兵，甚至也走过好运；他被迫退伍并住在这贫穷的小镇上的原因，谁也不知道。在这儿，他过的日子很清贫，同时又挥霍无度：一贯步行，着一身穿旧了的黑礼服，但他的家却座上客常满，招待我团全体军官。不错，餐桌上只有一个退伍老兵所烹调的两三道菜，但香槟酒却像小河一样够你喝的。谁也不清楚他的身份和财源，但谁也不敢问他。他有不少藏书，大都是兵书，也有小说。他乐意借给别人阅读，从不索回，他借书也从不归还原主。他的主课便是开手枪打靶子。他房间里，四壁弹痕累累，像是蜜蜂窝。各种类型的手枪收藏极其丰富，这倒是他住的这间陋室里唯一的奢侈品。他枪法高超，令人不可思议，如果他想要从某人帽子上一枪把苹果打下来，我团谁也会毫不迟疑地把自己的脑瓜搁在他面前。我们常常谈论决斗。西尔兀（我就叫他这个名字）从不参与这种谈话。如果有人问他决斗过没有，他只干巴巴地回答决斗过，详情不再细说，可见他是讨厌这类问题的。我们猜度，他良心上一定压着他那可怕的枪法的不幸的牺牲品。不过，我们从没怀疑他会胆小，有些人，其相貌神采令人一看就会消除了上述的怀疑。一个意外的事件使我们全都大吃一惊。

　　一天，我们十来个军官在西尔兀家吃饭，照往常那样喝酒，就是说灌了许多。饭后我们便请主人坐庄打牌。他推辞了好久，因为他几乎从不赌博。终于他吩咐拿来纸牌，往桌上倒出五十个金币，坐下便发牌。我们围绕他坐下，赌局开场。西尔兀有个脾气，那就是赌牌时完全保持沉默，从不争执，也不解释。如果赌家有时算错了，他便立即补足余款或记录下来。我们早已知道他这个习惯，从不妨碍他照自己的办法行事。但是，我们中间有个军官，不久前才调来的，他也来赌，漫不经心地多折了一只角。西尔兀拿起粉笔，照自己往常的做法，把账结清。那军官以为他弄错了，开口解释。西尔兀不作声继续发牌。军官忍不住了，抓起刷子，一下擦去他以为不对的数目。西尔兀拿了粉笔再记下。那个被酒和牌以及同事的笑声弄得昏昏然的军官，认为自己受了侮辱，气急败坏，一把抓住桌上的铜烛台，对准西尔兀扔过去，西尔兀闪开，险些打中。我们慌了手脚。西尔兀站起身，气得脸发白，两眼光火，说道："亲爱的先生，请出去！您得感谢上帝，这事好在发生在我这儿。"

　　结局用不着怀疑，我们预料这个新同事定会被打死。那军官走出去，一边说，他要为翻脸负责，听凭庄家先生吩咐。赌局再继续了几分钟，但大伙儿感到，主人已无心再赌，便一个接一个放下手里的牌，纷纷回宿舍，一路谈论军官又要补缺了。

　　第二天在跑马场上，我们正互相打听那个中尉还活着没有，他本人却来到了我们中间。

　　我们便向他提出同样的问题。他回答说，他还没有得到西尔兀的任何通知。这就奇怪了。我们便去找西尔兀，发觉他站在院子里，正对准钉在门上的爱司牌把子弹一粒接一粒打进去。

他像往常一样接待了我们，昨晚的事，只字不提。过了三天，中尉还活着。我们吃惊地问：难道西尔兀不决斗了？不错，西尔兀没有决斗。那种轻描淡写的解释居然使他满意，他心平气和了。

在青年人的心目中，这些事起初大大地损害了他的形象。勇气不足比其他一切更难得到青年们的谅解，他们惯常把勇敢当成人类品德的顶峰，而其他的罪孽都可以不必计较。可是，不久这一切都渐渐淡忘，西尔兀也恢复了以前的威望。

只有我一个人不能够再跟他亲近了。我天生就有浪漫的幻想，这之前，我比任何人更倾心于此人，他的生活是个谜，他本人在我看来简直是一部神秘小说里的主角。他爱我，至少，他只对我一个人放弃了他习以为常的尖酸刻薄的言辞，跟我交谈各种事情，总是和颜悦色，心地单纯。但是，打从那个不幸的夜晚以后，我始终认为，他的名誉有了污点，而没有洗刷掉只能怪他自己，这个想头一直没有离开我，使我难以像从前那样对待他。我不好意思看他的脸。西尔兀太聪明了，并且阅历深，他不会不觉察和猜出其原因。看来，这件事伤了他的心，我至少发现有两三次他想跟我解释，我回避他，西尔兀也就算了。从这以后，我只有跟同事们在一起的时候才跟他见面，以往那种开诚相见的交谈中止了。

京城悠闲的居民，很难体会到乡下和小城镇的居民熟悉透了的那许多感受，例如等待邮件的日子：每逢礼拜二、礼拜五，我们团部办公室便挤满了军官。有的人等钱，有的人等信，有的人等报。在那儿，邮件往往当场拆开，新闻当即传播，办公室便呈现一派非常活跃的景象。寄给西尔兀的信附寄我团，他也就经常到那里去。有一天，他收到一封信，拆开来，面带急不可耐的神色。他浏览了一遍，眼睛发亮。军官们各看各的信，没有注意他。

"先生们！"西尔兀向军官们说，"情况促使我要立即离开这里。今晚我就要动身。我希望，诸位不至于拒绝邀请，到我那里最后一次聚餐吧！我希望您也来。"他转向我继续说，"一定来呀！"说了这话，他便匆匆走了。我们约好在西尔兀家里碰头，然后各自走散。

未来与梦想

我于约好的时间到了西尔兀那里，几乎全团军官都已到齐。他的行李已经收拾停当，房间里只剩下四堵墙壁，光光坦坦、弹痕累累。我们在桌边坐下。主人精神焕发，他的喜悦感染了大家，立刻变成了共同的喜悦。酒瓶塞子接二连三蹦出来，大酒杯里冒泡，一个劲地咝咝响，我们真心诚意祝愿离人一路平安和诸事顺遂。等到我们从餐桌边站起来，已经是黑夜了。大伙儿都在取帽子，西尔兀跟他们告别，当我正要走出门的那一瞬间，他抓住我的手让我留下。"我想跟您谈谈。"他轻声说。我留了下来。

客人都走了。剩下我跟他，面对面坐下，不作声，抽烟斗，而西尔兀心神不定，那种痉挛性的快活已经没有留下任何痕迹了。阴郁的脸惨白，眼睛发亮，口吐浓烟，那神色就像个地道的魔鬼。过了几秒钟，西尔兀打破了沉默。

"说不定，咱们以后再也不会见面了。"他对我说，"分手以前，我想跟您解释一下。您可能已经注意到，我是很少重视别人的意见的，但是我爱您，我觉得，给您脑子里留下一个不公正的印象，那会使我难过的。"

他不讲了，动手装他那已经烧光了的烟斗，我不作声，低下眼睛。

"您觉得奇怪，是吗？"他接下去说，"我并没有向那个蛮不讲理的酒鬼提出决斗。您会同意我的看法：我有权选择武器，他的命就捏在我的手掌心，而我却几乎毫无危险。不过我克制了，我本可以把自己打扮成宽宏大量，但我不愿撒谎。如果我能够惩罚他而完全不冒一点风险，那么我绝不会饶他一条命。"

我抬眼吃惊地望着西尔兀。他这么坦白，弄得我反而有点儿狼狈。他再往下说："就这么回事：我无权去送死。六年前我挨了一记耳光，仇人至今还活着。"

这话一下子激起了我的好奇心。"您没找他决斗吗？"我问，"大概，环境迫使你们分开了？"

"我跟他决斗了，"他回答，"请看，这就是决斗的纪念。"

西尔兀站起身，从硬纸盒里取出一顶带金色流苏和绦缨的红帽子（这便是法国人称之为船形帽的东西），他戴上，帽子在离额头约四公分处有一个弹孔。

"您知道，"他又说，"我当时在××骑兵团服役。我的脾气您是知道的：我习惯了出人头地，从小便养成了这个强烈的好胜心。我们那个时候，飞扬跋扈算是时髦，我便是军队里第一条好汉。赌喝酒以海量自夸，我赢了好样的布尔卓夫——杰尼科·达维多夫曾经写诗赞颂过他。我们团里决斗是家常便饭：一切决斗的场合我都有份，不是作为公证人就是作为当事者。同事们爱我，而经常调换的团部的上司却把我当成去不掉的祸根。

正当我心安理得地（或者忐忑不安地）享受我的荣誉的时候，我团新调来一位青年人，他有的是钱，并且出身豪门（我不愿说出他的姓名）。我平生从没有看见过这般得天独厚的幸运儿！您想想看：年轻，聪明，漂亮，寻快活不要命，逞豪勇不回头，当当响的姓氏，花钱从不算了花，也永远花不完。请想想看，他在我们中间掀起了多大的波澜啊？我的优越地位动摇了。惑于我的虚名，他便寻求我的友谊。但我对他很冷漠，他也就毫无所谓，不合则去了。我恨他。他在团里以及女人堆中的成功使我完全绝望了。我开始跟他寻衅，对我的挖苦话他用挖苦话来回敬，并且他的挖苦话，我私下估量，总是出奇制胜，尖刻有余，风味十足：因为他只不过是寻开心，而我却心怀叵测。临了，有一天在一个波兰地主的舞会上，我眼见他成了所有女士们注目的中心，特别是那个跟我有过私情的女主人对他另眼看待，我便对他附耳吐出一句老调子的粗鄙话。他红脸了，刮了我一个耳光。我和他都奔过去抽刀。女士们吓得晕过去。我们被人扯开，当天晚上我们就去决斗。

那时快天亮了。我带了三个公证人在约好的地方站着。我怀着不可理解的焦躁心情等待着仇人。春天的太阳升起了，身上热乎起来。我看见他从远处走过来。他步行，军服挂在佩刀上，一个公证人陪着他。我们迎上前去。他走过来，手里捧一顶帽子，里面装满了樱桃。

公证人量好十二步距离。我应该先放枪，可是，愤怒使我激动得太厉害，我不敢相信我的手会瞄得准，为了让自己有时间冷静下来，我让他先开枪。对手不同意。于是决定拈阄：他占先，他真是个一贯走红的幸运儿呀！他瞄准，一枪打穿我的帽子。轮到我了。要他的命！他终于落进了我的掌心。我死死盯住他，一心想要搜寻他身上惶恐的迹象，哪怕一丝影子也罢……他站在枪口前，从帽子里挑选熟透了的樱桃一粒一粒送进嘴里，吐出果核，吐到我跟前。他无所谓的态度使我气愤。我想，当他压根儿就不珍视生命的价值的时候，夺去他的生命，对我又有什么好处呢？一个狠毒的计谋掠过我的脑子。我放下手枪。

"您目前对死好像并不感兴趣，"我对他说，"请回家吃早饭吧！我不想打扰您。"

"您根本没有打扰我，"他反驳说，"请开枪吧！不过，也随您，您还有权放这一枪，我随时听候吩咐。"

"我回转身向公证人宣布，我今天不打算放枪，决斗就此结束……

"我退伍以后便躲到这个小镇上来。从此以后没有一天我不想到要报仇。现在报仇的时候到了……"

西尔兀从兜里掏出他早上收到的那封信给我看。有个人（大概是他的委托人）从莫斯科写信给他说，某某人物就要跟一个年轻貌美的小姐结婚了。

"您猜得到，"西尔兀说，"那个某某人物该是谁吧！我这就上莫斯科去。我们倒要看看，他在结婚前夕面对死神是不是也像从前边吃樱桃边等死那样抱无所谓的态度。"

说这话的时候西尔兀站起来，把那顶帽子扔到地上，接着便在房间里来回踱步，活像笼子里的一只老虎。我没动弹，听他说，一些奇怪的互相冲突的感情使我激动不已。

仆人进来报告，马匹已经备好。西尔兀紧紧握住我的手，我们亲吻告别。他坐上车，车里放着两口箱子，一口装手枪，另一口装生活用品。我们再次道别。几匹马便起步奔跑。

二

过了几年，家境迫使我迁居到H县贫穷的乡下来。我料理田产事务，心里却偷偷地怀念以前那种热热闹闹、无忧无虑的生活。最难熬的便是要习惯于在完全的孤独中打发秋天和冬天的夜晚。晚饭前还可以找村长聊聊，驱车到各处巡视一番，或者，检查一下新的设施，时间好歹还可以打发过去。但是，一到天色暗下来，我可真不知道该怎么办了。我从柜子里和库房里找到的少数几本书，早已背得滚瓜烂熟。管家婆基里洛夫娜所能记得的一切故事，早已对我讲过许多遍了，村妇们唱的歌使我频添惆怅。我开始喝不放糖的果露酒，但喝了头痛。我得承认，我担心会变成一个借酒浇愁的酒鬼，就是说，痛苦的酒鬼。这号人的先例在我们县里我已经见得够多了。我没有别的近邻，只有两三个"痛苦的"酒鬼。他们一说话就不断打饱嗝和唉声叹气。孤独还好受些。

离我们那儿四俄里有一座富裕的田庄，是E伯爵夫人的产业，但是那里只有她的管家驻守，伯爵夫人仅仅在她结婚的那年来过一次，并且只住了不到一个月。可是，在我引退的第二年春天，传闻伯爵夫人跟她丈夫夏天要下乡来。实际上，六月初他们就到了。

有钱的邻居回乡，对于乡下人来说，简直是非同小可的盛事。财主们和他们的家奴们两个月前直到三年以后都要谈论这件事。至于我，坦白说，年轻貌美的女邻居到来的消息使我非常兴奋，我急不可耐地想见她。因此，在她到达后的第一个礼拜天，我吃过午饭后便驱车去××村拜会他们，作为最近的邻居和最恭驯的仆人向他们作自我引荐。

仆人把我引进伯爵的书房，便去通报。大书房里陈设奢华，靠墙摆着一排书柜，每只书柜上放着一尊青铜胸像，云石壁炉上方镶着一面大镜子，地板上蒙上一层绿呢子，然后再铺上一层地毯。我在自己寒酸的角落里跟奢华绝缘，早已不曾见识别人摆阔气了，因而我竟胆怯起来，等候伯爵的当口，我心中有点忐忑，好一似省里的请愿者恭候部长大人一样。房门打开，走进来一个三十二岁左右的男子汉，仪表堂堂。伯爵走到我跟前，神色坦率而友好。

我鼓起勇气，正要开口作自我介绍，但他抢先说了。我们坐下来。他的谈吐随便而亲切，很快使我解除了怕生的拘谨。我刚好开始恢复常态，伯爵夫人走了进来，我比先前更窘了。她确实是个美人儿。伯爵作了介绍。我想做出落落大方的样子，但是，我越是努力想从容自如，越是显得不自在。他俩为了让我有时间调整自己的情绪和适应新的环境，便自己交谈起来，把我当成忠厚的邻人，对我不拘礼节了。这时我就在书房里走来走去，看看藏书和图画。论绘画我不是行家，但是有一幅画引起了我的注意。它描绘了瑞士某地的景色，但使我惊讶的不是风景，而是画面上有两个弹孔，那子弹一粒正好打中另一粒。

"好枪法！"我回头对伯爵说。

"对！"他回答，"枪法高明极了。"又继续说，"您的枪法好吗？"

"马马虎虎。"我回答，心里高兴，谈话终于转到我熟悉的题目上来了，"隔三十步距离，开枪打纸牌，不会落空，自然，要用我使惯了的手枪。"

"真的吗？"伯爵夫人说，现出很感兴趣的样子，"而你，亲爱的，隔三十步能够打中纸牌吗？"

"找个时候我们来试试看吧！"伯爵回答，"有个时候我枪法并不坏，不过，已经有四年没有摸过枪了。"

"哦！"我说，"我敢打赌，在这种情况下您隔二十步也会射不中纸牌的；手枪要天天练。这一点我有经验。在我们团里，我也算是优等射手中间的一个。有一回我有整整一个月没有摸过枪，我的枪拿去修理了。伯爵！您想怎么样？后来我再射击的时候，头一次，隔二十五步射瓶子，我一连四次都没有射中。团里有个骑兵大尉，是个爱逗趣的捣蛋鬼，他恰好在场，对我说：'老弟！你的手对瓶子举不起来了。'不！伯爵！不应该放松练习，不然，你会一下子荒废的。我遇到过一名最好的射手，他每天练习，至少午饭前练习三次。这成了他的嗜好，好像每天要喝酒一样。"

伯爵和伯爵夫人见我打开了话匣子，非常高兴。

"那么，他怎样练枪呢？"伯爵问我。

"是这样，伯爵！比方说，他看到一只苍蝇停在墙上……伯爵夫人！您觉得好笑吗？上帝作证，那是真的。见到苍蝇，他就大声说：'库兹马！拿枪来！'库兹马便拿给他一枝上好子弹的枪。他啪的一枪，把苍蝇打进墙壁去了。"

"了不起！"伯爵说，"他叫什么名字？"

"叫西尔兀，伯爵！"

"西尔兀！"伯爵叫起来，站起身，"您认识西尔兀吗？"

"怎么不认识！伯爵！我跟他是好朋友，在我们团里，都把他当成自已的兄长和同事一样看待。已经五年了，我没有得到他的任何消息。看起来，伯爵您好像认识他的啰？"

"认识，还很熟哩！他没有跟你讲过……不对，我想不会。他没有告诉您一件非常奇怪的事情吗？"

"伯爵！您不是指他在舞会上挨了一个浪荡子一个嘴巴那件事吧？"

"他没有告诉您这个浪荡子的名字吗？"

"没有，伯爵！他没有告诉我……哦！伯爵！"我接着说，猜出了真相，"请原谅……我真不知道……难道是您？……"

"就是我，"伯爵带着百感交集的神色说，"那幅被打穿的绘画便是我跟他最后一次会面的纪念……"

"哎呀！我亲爱的！"伯爵夫人说，"看上帝的分上，别说了，我害怕听。"

"不！"伯爵不同意她的意见，"我要把一切都告诉他。他知道我怎样侮辱了他的朋友。我要让他知道，西尔兀是怎样对我报了仇的。"伯爵把靠椅挪近我，而我怀着最活跃的好奇心听他说了下面的故事。

"五年前我结婚了——第一个月，即蜜月，我就在这个村子里度过的。我要感谢这栋房子为我保留了平生最好的时刻和最沉重的回忆。

"一天傍晚，我和妻子一同骑马出去，她的马不知怎么地发烈了。她吓坏了，把缰绳交给我，只好步行回去。我骑马先到了家。在院子里我见到一辆旅行马车。仆人告诉我，有个人在书房里等我，他不愿说出自己的姓名，只简简单单说明，他找我有事。我便走进这个房间，昏暗中但见一个人，满身尘土，满脸胡须，他就站在这儿的壁炉边。我向他走过去，努力辨认他的面貌。

"'你认不出我了吗，伯爵？'他说，嗓子颤抖。

"'西尔兀！'我叫起来，我得承认，我感到毛发悚然了。'正是，'他接着说，'我还有权放一枪。我来这儿就是为了放出这一枪。你准备好了吗？'

"他的手枪在裤兜里凸出来。我量了十二步，就站在那个角落里，我请他快点儿动手，趁我妻子还没有回家。他拖延时间——要求点烛。烛拿来了。我闩上门，吩咐谁也不让进来，再次请他动手。他拔出手枪，瞄准了……我数着一秒、一秒、又一秒……心里惦记着她……可怕的瞬间过去了！西尔兀放下手枪。

"'很遗憾，'他说，'手枪里头装的不是樱桃核……子弹太沉了。我总觉得，我们这不是决斗，而是谋杀：我不习惯向没有武器的人瞄准。咱们从头再来过，拈阄吧！看谁先打枪。'

"我的脑袋里头团团转……仿佛，我并没有同意他……终于，还是给另一枝手枪上了子弹。卷了两张字条，他把它们放进那顶我以前打穿了洞的帽子里。我又拈了第一号。'伯爵，你真像魔鬼一样走红运了。'他说，嘴角上挂着冷笑，那是我一辈子也不会忘记的。

"直到现在我还搞不清当时发生了什么事，也搞不清他用什么办法逼着我干那……我放了一枪，打中了这幅画。"（伯爵指着那幅穿了洞的画，他满脸通红，而伯爵夫人的脸色比她的手绢还要白，我忍不住叫起来。）"

"我放了一枪，"伯爵接着说，"唉！谢天谢地！没有伤人。那当口，西尔兀……他的样子的确吓人，西尔兀向我瞄准。猛然间，房门打开，玛霞跑进房，一声尖叫扑过来，一把抱住我的脖子。她一来使我的勇气完全恢复了。

"'亲爱的，'我对她说，'难道你没看到我们是闹着玩吗？你怎么吓成这个样子？去吧！去喝杯水再到我们这儿来。我要给你介绍一位老朋友，我的同事。'

"玛霞还是不相信。'请您告诉我，我丈夫说的是真话吗？'她转过身对可怕的西尔兀说，'他说您跟他开玩笑，是真的吗？'

"伯爵夫人！他一贯爱开玩笑，'西尔兀回答她说，'有一次他开玩笑赏我一个耳光，还有一次他开玩笑一枪打穿我一顶帽子，刚才又开玩笑不射中我，如今，可轮到我也来开开玩笑了……'

说这话的时候，他就举枪对我瞄准……竟然当着她的面！玛霞扑倒在他脚下。'起来！玛霞！别不害臊！'我发狂地叫起来，'而您呢，先生！请别再捉弄这个可怜的女人了，好吗？您到底要不要开枪？'

"'不开枪了，'西尔兀回答，'我满意了。我看到你惶恐了，胆怯

了。我迫着你对我射击，我已经心满意足了。你会记得我的。我把你本人交给你的良心去裁判吧！'

"说完他就往外走，到门口又停下来，回过头看一眼那幅被我打穿的画，随手对它开一枪，掉头就走了。我妻子晕过去了。佣人不敢阻拦，只得惶恐地望着他。他走到台阶下，叫一声车夫，还没等我清醒过来，他就走了。"

伯爵不作声了。就这样，我得知这个故事的结尾，它的开头曾经使我惊讶不已。这故事的主角我没有再见过了。听说，在亚历山大·伊卜西朗吉起义时，西尔兀曾率领一支希腊独立运动战士的队伍，在斯库良诺战役中牺牲了。

《童年》节选

[苏联] 高尔基

星期六的早晨，我到彼德罗夫娜的菜园子里逮鸟儿。

老半天也没逮着，大模大样的小鸟儿们在挂霜的树枝间跳跃，地上落下片片霜花，阳光下闪烁着耀眼的光芒。

我更热爱打猎的过程，对结果并不怎么在乎，我喜欢小鸟儿，爱看它们跳来跳去的样子。

这有多好啊，坐在雪地边儿上，在寒冷而透明的空气中听小鸟儿啁啾，远处云雀在冬天忧郁的歌儿不断地飘过来……等到我无法再忍耐寒冷的时候，就收起了网子和鸟笼，翻过围墙回家去了。

大门洞开，进来一辆马车，马车上冒着浓浓的水汽，马车夫吹着快乐的口哨。

我心里一震，问：

"谁来了？"

他看了看我，说：

"老神父。"

神父，和我没关系，肯定是来找哪个房客的。

马车夫吹着口哨，赶起马车，走了。

我走进厨房，突然，从隔壁传来一句清晰的话：

"怎么办吧？杀了我吗？"

是母亲！

我猛地蹿出门去，迎面撞上了姥爷。

他抓住我的肩膀，瞪着眼：

"你母亲来了，去吧！"

"等等！"他又抓住我，推了我一下，可又说：

"去吧，去吧！"

我的手有点不听使唤，不知道是冻的，还是激动的，老半天我才推开门。

"哟，来了！"

"我的天啊，都这么高了！"

"还认识我吗？看给你穿的……他的耳朵冻坏了，快，妈妈，拿鹅油来……"

母亲俯下身来给我脱了衣服，转来转去，转得我跟皮球似的。

她穿着红色的长袍子，一排黑色的大扣子，从肩膀斜着钉到下襟。

我们以前从来没见过这种衣裳。

她的眼睛更大了，头发也更黄了。

"你怎么不说话？不高兴？瞧瞧，多脏的衣服……"

她用鹅油擦了我的耳朵，有点儿疼。她身上有股香味儿挺好闻，减轻了点疼痛。

我依偎着她，许久许久说不出话来。

姥姥有点儿不高兴。

"他可野啦，谁也不怕，连他姥爷也不怕了，唉，瓦莉娅……"

"妈妈，会好的，会好的！"

母亲是那么高大，周围的一切都更显得渺小了。她摸着我的头发。

"该上学了。你想念书吧？"

"我已经念会了。"

"是吗？还得多念点儿！瞧瞧，你长得多壮啊！"

她笑了，笑得很温暖。

姥爷无精打采地走了进来。

母亲推开我说：

"让我走吗？爸爸。"

他没作声。站在那儿用指甲划着窗户上的冰花儿。

这种沉默令人难以忍耐，我胸膛几乎要爆裂了。

"阿列克塞，滚！"他突然吼道。

"你干吗！"母亲一把拉住我，"我禁止你走！"

母亲站起来，像一朵红云。

"爸爸，您听着……"

"你给我闭嘴！"

姥爷高叫着。

"请你不要喊叫！"

母亲轻轻地说。

姥姥站起来：

"瓦尔瓦拉！"

姥爷坐了下来。

"你哪能这么急？啊？"

可他突然又吼了起来：

"你给我丢了脸，瓦莉娅！……"

"你出去！"

姥姥命令我。

我很不高兴地去了厨房，爬到炕上，听隔壁时而激烈时而又出奇的平
静的谈话声。

他们在谈母亲生的孩子，不知道为什么，姥爷很气。

也许是因为母亲没跟家里打招呼就把小孩送人了吧。

他们到厨房里来了。

姥爷一脸的疲倦，姥姥抹着泪。

姥姥跪在了姥爷在面前：

"看在上帝的分上，饶了她吧！"

"就是那些老爷家里不也有这种事吗？她孤身一人，又那么漂亮……"

"饶了她吧……"

姥爷靠在墙上，冷笑着。

"你没饶过谁啊？你都饶了，饶吧……"

他突然抓住了她的肩膀，吼道：

"可是上帝是不会饶恕有罪的人的！"

"快死啦，还是不能太平日子，我们没有好下场啊，饿死拉倒！"

姥姥轻轻地一笑。

"老头子，没什么了不起的，大不了是去要饭吧，你在家里，我去要！我们不会挨饿的！"

他忽然笑了，搂住姥姥，又哭了。

"我的傻瓜，我唯一的亲人！

"咱们为他们苦了一辈子，到头来……"

我也哭了，跳下炕扑到他们的怀里。

我哭，是因为我高兴，他们从来没有谈得这么亲密而融洽过。

我哭，是因为我也感到悲哀。

我哭，是因为母亲突然的到来。

他们紧紧搂住我，哭成一团。

姥爷低声说：

"你妈来了，你跟她走吧！你姥爷这个老鬼太凶了，你别要他了，啊？"

"你姥姥又只知道溺爱你，也不要她了，啊？"

"唉……"

突然，他把我和姥姥一推，刷地一下站了起来。

"都走吧，走吧，七零八落……快，叫她回来！"

姥姥立刻出去了。

姥爷低着头，哀叫。

"主啊，仁慈的主啊，你都看见了没有？"

我非常不喜欢他跟上帝说话的这种方式，捶胸顿足还在其次，主要是那种口气！

母亲来了，坐在桌旁，红色的衣服把屋子里照得亮堂堂的。

姥姥和姥爷分别坐在她的两侧，他们认真地谈着。

母亲声音很低，姥姥和姥爷都不作声，好像她成了母亲似的。

我太激动了，也太累了，不知不觉进入了梦乡。

夜里，姥姥，姥爷去做晚祷。姥爷穿上了行会会长的制服，姥姥快活地一眨眼睛，对我母亲说：

"看啊，你爸爸打扮成一只白白净净的小山羊了！"

母亲笑了。

屋子里只剩下了她和我。她招手，拍拍她身边的地方。

"来，过来，你过得怎么样？"

谁知道我过得怎么样啊！

"我不知道。"

"姥爷打你吗？"

"现在，不常打了！"

"是吗？好了，随便说点儿什么吧！"

我说起了以前那个非常好的人，姥爷把他赶走了。

母亲对这个故事似乎不感兴趣。她问：

"别的呢？"

我又讲了三兄弟的事，讲了上校把我轰出来的事。

她抱着我，说：

"都是些没用的……"

她许久不说话，眼望着地板，摇着头。

"姥爷为什么生你的气？"我问。

"我，对不起他！"

"你应该把小孩给他带回来！"

她的身子一震，咬着嘴唇，异样地看着我，然后哈哈大笑起来。

"嗨，这可不是你能说的，懂吗？"

她严厉地讲了许多，我听不大懂。

桌子上的蜡烛的火影不停地跳跃，长明灯的微光却连眼也不眨一下，而窗户上银白的月光则随母亲来回走着，仰头望着天花板，好像在找什么东西似的。她问：

"你什么时候睡觉？"

"再过一会儿。"

"对，你白天睡过了。"

"你要走吗？"我问。

"去哪儿？"

她吃惊地，凑近着我的脸端详着。

她的眼泪流了下来。

"什么啦？"

我问。

"我，脖子疼。"

我明白是她的心疼，她在这个家里待不下了，她肯定要走。

"你长大以后一定跟你爸爸一样！"她说，"你姥姥跟你讲过他吗？"

"讲过。"

"她很喜欢马克辛，他也喜欢她……"

"我知道。"

母亲吹灭了蜡烛，说：

"这样玩好。"

灯影不再摇曳，月光清楚地印在地板上，显得那么凄凉而又安详。

"你在哪儿住来着？"

我问。

她努力假装着说了几个城市的名字。

"你的衣服是哪儿的？"

"我自己做的。"

和她说话太令人高兴了。遗憾的是不问，她不说，问了她才说。

我们依偎着坐着，一直到两位老人回来。

他们一身的蜡香味儿，神情肃穆，态度和蔼。

晚饭异常丰盛，大家小心翼翼地端坐不语，好像怕吓着谁似的。

后来，母亲开始教我认字、读书、背诗。我们之间开始产生矛盾了。

有一首诗是这样的：

宽广笔直的大道

你的宽敞是上帝所赋

斧头和铁锹怎奈你何

只有马蹄激越

灰尘起而又落

无论如何，我也发不好音。

母亲气愤地说我无用。

奇怪，我在心里念的时候一点儿错也没有，一出口就变了形。

我恨这些莫名妙的诗句，一生气，就故意念错，把音节相似的词胡乱排在一起，我很喜欢这种施了魔法的诗句。

有一天，母亲让我背诗，我脱口而出。

"路、便宜、犄角、奶渣，马蹄、水槽、僧侣……"等我明白过来我在说什么，已经晚了。

母亲唰地一下站了起来，一字一顿地问：

"这是什么？"

"我，不知道。"

"你肯定是知道的，告诉我，这是什么？"

"就是这个。"

"什么就是这个。"

"……开玩笑……"

"站到墙角去！"

"干吗？"我明知故问。

"站到墙角去！"

"哪个墙角？"

她没理我，直瞪着我，我有点儿着慌了。

可确实没有墙角可去。

圣像下的墙角摆着桌子，桌子上有些枯萎的花草，另一个墙角放着箱子，还有一个墙角放床，而第四个墙角是不在的，因为门框紧挨着侧墙。

"我不知道是怎么回事。"我低声说。

她没作声，许久，问：

"你姥爷让你站墙角吗？"

"什么时候？"

她一拍桌子，叫道：

"平常！"

"不记得了。"

"你知道这是一种惩罚吗？"

"不知道。为什么要惩罚我？"

她叹了气。

"过来唉！"

我走过去。

"怎么啦？"

"你为什么故意把诗念成那样？"

我解释了半天，说这些诗在我心里是如何如何的，可念出口就走了样儿。

"你装蒜？"

"不不，不过，也许是。"

我不慌不忙地把那首诗念了一遍，一点都没错！

我自己都感到吃惊，可也下不来台了。

我害臊地站在那儿，泪水流了下来。

"这是怎么回事？"

母亲大吼着。

"我也知道……"

"你人不大可倒挺难对付的，走吧！"

她低下头，不说话了。

她让我背越来越多的诗，我总在试图改写这些无聊的诗句，一些不难但别扭的字眼儿蜂拥而至，弄得我无论如何也记不住原来的诗句了。

有一首写得凄凉的诗：

不论早与晚，

孤儿与乞丐，

以基督的名义，

盼着赈济，

而第三行：翱着。

饭篮从窗前走过，

我怎么也记不住，准给丢下。

母亲气愤地把这事儿告诉了姥爷。

"他是故意的！"

"这小子记性可好呢，祈祷词记得比我牢！"

"你狠狠地抽他一顿，他就不闹了！"

姥姥也说：

"童话能背下来，歌也能背下来，那诗和歌和童话不一样吗？"

我自己也觉着奇怪，一念诗就有很多不相干的词句跳出来，像是一群蟑螂，也排成行。

在我们的大门口，

有很多乞丐儿和老头儿，

号叫着乞讨，

讨来彼德罗夫娜，

她换了钱去买牛，

她换了钱去买牛，

在山沟沟里喝烧酒。

夜里，我和姥姥躺在吊床上，把我"编"成的诗一首首地念给她听，她偶尔哈哈大笑，但更多的时候是在责备我。

"你呀，你都会嘛！"

"千万不要嘲笑乞丐，上帝保佑他们！耶稣当过乞丐，圣人都当过乞丐……"

我嘀咕着：

> 乞丐我不爱，
>
> 姥爷我也不爱，
>
> 这有什么办法呢？
>
> 饶了我呢，主！
>
> 姥爷找我的岔儿，
>
> 抽了顿又一顿……

"净胡说八道，烂指头！"

"姥爷听见了，可有你好瞧的！"

"那就让他来听！"

"捣蛋鬼，别再惹你妈了，她已经够难受了！"姥姥和蔼地说。

"那为什么难过？"

"不许你问，听见了没有？"

148

"我知道，因为姥爷对她……"

"闭嘴！"

我有一种失落落的感觉，可不知为什么，我想掩饰这一点，于是装作满不在乎，总搞恶作剧。

母亲教我的功课越来越多了，也越来越难。

我学算术很快，可不愿写字，也不懂文法。

最让我感到不好受的是，母亲在姥爷家的处境。

她总是愁眉不展的样子，常常一个人呆呆地站在窗前。

刚回来的时候，她行动敏捷，充满了朝气。可是现在眼圈发黑，头发蓬乱，好些天不梳不洗了。

这些让我感很难受，她应该永远年轻，永远漂亮，比任何人都好！

上课时她也变得无精打采了，用非常疲倦的声音问我话，也不管我回答与否。

她越来越爱生气，大吼大叫的。

母亲应该是公正的，像童话中讲的似的，谁都公正。可是她……我问她：

"你和我们在一起很不好受吗？"

她很生气地说：

"你做你自己的事去！"

我隐隐约约地觉得，姥爷在计划一件使姥姥和母亲非常害怕的事情。

他常到母亲的屋子里去，大嚷大叫，叹息不止。

有一回，我听见母亲在里面高喊了一声：

"不，这办不到！"

砰的一声关上了门。

当时姥姥正坐在桌子边儿上缝衣服，听见门响，她自言自语地说：

"天啊，她到房客家去了！"

姥爷猛地冲了进来，扑向姥姥，挥手就是一巴掌，甩着打疼的手叫喊：

"臭老婆子，不该说的不许说。"

"老浑蛋！"姥姥生气地说，"我不说，我不说别的，你所有的想法，凡是我知道的，我都说给他听！"

他向她扑了过去，抡起拳头没命地打。

姥姥躲也不躲，说：

"打吧！打吧！打吧！"

我从炕上捡起枕头，从炉子上拿起皮靴，没命地向姥爷砸去。

可他没注意我扔东西，正忙着踢摔倒在地上的姥姥。

水桶把姥爷绊倒了，他跳起来破口大骂，最后恶狠狠地向四周看了看，回他住的顶楼去了。

姥姥吃力地站起来，哼哼唧唧地坐在长凳子上，慢慢地整理凌乱的头发。

我从床上跳了下来，她气呼呼地说：

"把东西捡起来！好主意啊，扔枕头！"

"记住，不关你的事，那个老鬼发一阵疯也就完了！"

她说着说着突然"哎哟哎哟"地叫了起来：

"快，快，过来看看！"

我把头发分开，发现一根发针深深地扎进了她的头皮，我使劲把它拔了出来，可又发现了一根。

"最好去叫我妈，我害怕！"

她摆摆手，说：

"你敢？没让她看见就谢天谢地了，现在你还去叫，浑蛋！"

她自己伸手去拔，我只好又鼓足了勇气，拔出了两根戳弯了的发针。

"疼吗？"

"没事儿，明天洗洗澡就好了。"

她温和地央求我：

"乖孩子，别告诉你妈妈，听见了没有？"

"不知道这事儿，他们爷俩的仇恨已经够深的了。"

"好，我不说！"

"你千万要说话算数！"

"来，咱们把东西收拾好。"

"我的脸没破吧？"

"没有。"

"太好了，这就神不知鬼不觉了。"

我很受感动。

"你真像圣人，别人让你受罪，你却不在乎！"

"净说蠢话！圣人，圣人，你真会说！"

她絮絮叨叨地说了半天，在地上爬来爬去，用力擦着地板。

我坐在炕炉台儿上，想着怎么替姥姥报仇雪恨。

我这是第一次亲眼看见他这么丑陋地殴打姥姥。

昏暗的屋子里，他红着脸，没命地挥打踢踹，金黄色的头发在空中飘扬……我感到忍可忍，我恨自己想不出一个好办法来报仇！两天以后，为了什么事，我上楼去找他。

他正坐在地板上整理一个箱子里边的文件，椅子上，放着他的宝贝像，12张灰色的厚纸，每张纸上按照一个月的日子的多少分成方格，每一个方格里是那个日子所有的圣像。

姥爷拿这些像作宝贝，只有特别高兴的时才让我看。

每次我看见这些紧紧地排列在一起的灰色小人时，总有一种感觉。

我对一些圣人是有所了解的：基利克、乌里德、瓦尔瓦拉、庞杰莱芒，等等。

我特别喜欢神人阿列克赛的悲伤味儿浓厚的传记，我还有那些歌颂他的美妙诗句。

每次看到有好几百个这样的人时候，你心中都会感到一些安慰：原来世上的受苦人，早就有这么多！

有过，现在我要破坏掉这些圣像！

趁姥爷走到窗户跟前，去看一张印有老鹰的蓝颜色文件的时候，我抓了几张圣像，飞跑下去。

我拿起剪子毫不犹豫地剪掉了一排人头，可又突然可惜起这些图来了，于是沿着分成方格的线条来剪。

就在此时，姥爷追了下来。

"谁让你拿走圣像的？你在干什么？"

他抓起地上的纸片，贴到鼻子尖儿上看。胡子在颤抖，呼吸加快加粗，把一块块的纸片吹落到地上。"你干的好事儿！"

他大喊，抓住我的脚，把我腾空扔了出去。

姥姥接住了我，姥爷打她、打我、狂叫：

"打死你们！"

母亲跑来了。

她挺身接住我们，推开姥爷。

"清醒点儿吧！闹什么？"

姥爷躺到地板上，号叫不止。

"你们，你们打死我吧！啊……"

"不害臊？孩子似的！"

母亲的声音很低沉。

姥爷撒着泼，两条腿在地上踢，胡子可笑地翘向天，双眼紧闭。

母亲看了看那些剪下来的纸片儿，说：

"我把它们贴到细布上，那样更结实！"

"您瞧，都揉坏了……"

她说话的口气，完全跟我上课时一样。

姥爷站了起来，一本正经地整了整衬衣，哼哼唧唧地说：

"现在就得贴！我把那几张也拿来……"

他走门口，又回过身来，指着我说：

"还得打他一顿才行！"

"该打！你为什么剪？"

母亲答应着问我。

"我是故意的！看他还敢打我姥姥！不然连他的胡子我也剪掉！"

姥姥正脱撕破的上衣，责备地看了我一眼。

"你不是答应不说了吗？"

母亲吐了口。

"不说，我也知道！什么时候打的？"

"瓦尔瓦拉，你怎么好意思问这个？"姥姥生气地说。

母亲抱住她。

"妈妈，你真是我的好妈妈……"

"好妈妈，好妈妈，滚开……"

她们分开了，因为姥爷正站在门口盯着她们。

母亲刚来不久，就和那人军人的妻子成了朋友，她几乎天天晚上到她屋里去，贝连德家的漂亮小姐和军官也去。

姥爷对这一点不满意：

"该死的东西，又聚到一起了！一直要闹到天亮，你甭想睡觉了。"

时间不长，他就把房客赶走了。

不知从哪儿运来了两车各式各样的家具，他把门一锁。

"不需要房客了，我以后自己请客！"

果然，一到节日就会来许多客人。

姥姥的妹妹玛特辽娜·伊凡诺芙娜，她是个吵吵闹闹的大鼻子洗衣妇，穿着带花边儿的绸衣服，戴着金黄色的帽子。

跟她一块儿来的是她的两个儿子：华西里和维克多。

华西里是个快乐的绘图员，穿灰衣留长发，人很和善。

维克多则长得驴头马面的，一进门，边脱鞋一边唱：

"安德烈——爸爸，安德烈——爸爸……"

这很让我吃惊，也有点儿害怕。

雅可夫舅舅也带着吉他来了，还带着一个一只眼的秃顶钟表匠。

钟表匠穿着黑色的长袍子，态度安详，像个老和尚。

他总是坐在角落里，笑眯眯的，很古怪地歪着头，用一个指头支着他的双重下巴颏。

他很少说话，老是重复着这样的一句话：

"别劳驾了，啊，都一样，您……"

第一次见到他，让我突然想起很久很久以前的一件事。

那个时候，我们还没搬过来。

一天，听见外面有人敲鼓，声音低沉，令人感到烦躁不安。

一辆又高又大的马车从街上走过来，周围都是士兵。

一个身材不高，戴着圆毡帽，戴着镣铐的人坐在上面，胸前挂着一块写着白字的黑牌子。

那个人低着头，好像在念黑板上的字。

我正想到这儿，突然听到母亲在向钟表匠介绍我：

"这是我的儿子。"

我吃惊地向后退，想躲开他，把两只手藏了起来。

"别劳驾了！"

他嘴向右可怕地歪过去，抓住我的腰带把我拉了过去，轻快地拎着我转了一个圈儿，然后放下。

"好，这孩子挺结实……"

我爬到角落里的皮圈椅上，这个椅子特别大，姥爷常说它是格鲁吉亚王公的宝座。

我爬上去，看大人们怎么无聊地欢闹，那个钟表匠的面孔怎么古怪而且可疑地变化着。

他脸上的鼻子、耳朵、嘴巴，好像能随意变换位置似的，包括他的舌头，偶尔也伸出来画个圈儿，舔舔他的厚嘴唇，显得特别灵活。

我感到十分震惊。

他们喝着掺上甜酒的茶，喝姥姥酿的各种颜色的果子酒、喝酸牛奶，吃带罂粟籽儿的奶油蜜糖饼……大家吃饱喝足以后，脸色涨红，挺着肚子懒洋洋地靠在椅子里，请雅可夫舅舅来个曲子。

他低下头，开始边弹边唱，歌词很令人不快。

"哎，痛痛快走一段儿，弄得满城风雨——快把这一切，告诉喀山的小姐……"

姥姥说：

"雅沙，弹个别的曲子，嗯？玛特丽娅，你还记得从前的歌儿吗？"

洗衣妇整了整衣裳，神气地说：

"我的太太，现在不时兴了……"

舅舅眯着眼看着姥姥，好像姥姥在十分遥远的天边。他还在唱那支令人生厌的歌。

姥爷低低地跟钟表匠谈着什么，比画着，钟表匠抬头看看母亲，点点头，脸上的表情变幻莫测。

母亲坐在谢尔盖也夫兄弟中间，和华西里谈着什么话，华西里吸了口气说：

"是啊，这事得认真对待……"

维克多一脸的兴奋，在地板上不停地搓脚，突然又开口唱起来：

"安德烈——爸爸，安德烈——爸爸……"

大家吃惊地看着他，一下子静了下来。洗衣妇赶紧解释：

"噢，这是他从戏院里学来的……"

这种无聊的晚会搞过几次以后，在一个星期日的下午，刚刚做完第二次午祷，钟表匠来了。

我和母亲正在屋子里修补开了线的瓷像，门突然开了一条缝，姥姥说：

"瓦尔瓦拉，换换衣服，走！"

母亲没抬头问：

"干吗？"

"上帝保佑，他人很好，在他自己那一行是个能干的人，阿列克塞会有一个好父亲的……"

姥爷说话时，不停地用手掌拍着肋骨。

母亲依旧不动声色。

"这办不到！"

姥爷伸出两只手，像个瞎子似的躬身向前。

"不去也得去，否则我拉着你的辫子走……"

母亲脸色发白，唰地一下站了起来，三下两下脱掉了外衣和裙子，走到姥爷面前：

"走吧！"

姥爷大叫：

"瓦尔瓦拉，快穿上！"

母亲撞开他，说：

"走吧！"

"我诅咒你！"

姥爷无可奈何地叫着。

"我不怕！"

她迈步出门，姥爷在后面拉着她哀求道：

"瓦尔瓦拉，你这是毁掉你自己啊……"

他又对姥姥叫：

"老婆子，老婆子……"

姥姥挡住了母亲的路，把她推回屋里来：

"瓦莉亚，傻丫头。没羞！"

进了屋，她指点着姥爷：

"唉！你这个不懂事儿的老伴儿！"

然后回过头来向母亲大叫：

"还不快点儿穿上！"

母亲拾起了地板上的衣服，然后说：

"我不去，听见了没有？"

姥姥把我从炕上拉下来，说：

"快去舀点儿水来！"

我跑了出去，听见母亲高喊：

"我明天就走！"

我跑进厨房，坐在窗户边上，感觉像是在做梦。

一阵吵闹之后，外面静了下来。发了会儿呆，我突然想起来我是来舀水的。

我端着水回，正碰见那个钟表匠往外走，他低着头，用手扶皮帽子。

姥姥两手贴在肚子上，朝着他的背后影鞠着躬。

"这您也清楚，爱情不能勉强……"

他在台阶上绊了一下，一个跟跄跳到了院子里。姥姥赶紧画着十字，不知是在默默地哭，还是在偷偷地笑。

"怎么啦？"

我跑过去问。

她一回头，一把把水夺了过去，大声喝道：

"你跑哪儿去舀水了？关上门去！"

我又回到厨房里。

我听见姥姥和母亲絮絮叨叨地说了很久。

冬天里一个十分晴朗的日子。

阳光斜着射进来，照在桌子上，盛着格瓦斯酒和伏特加的两个长颈瓶，泛着暗绿的光。

外面的雪亮得刺眼。我的小鸟在笼子里嬉戏，黄雀、灰雀、金翅雀在唱歌。

可是家里却没有一点儿欢乐的气氛，我把鸟笼拿下来，想把鸟放了。

姥姥跑进来，边走边骂：

"该死的家伙，阿库琳娜，老浑蛋……"

她从炉灶里掏出一个烧焦了的包子，恶狠狠地说：

"好啊，都烤焦了，魔鬼们……干吗像猫头魔似的睁大眼睛看着我？"

"你们这群浑蛋！把你们都撕烂……"

她痛哭起来，泪水滴在那个烤焦了的包子上。

姥爷和母亲到厨房里来。

姥姥把包子往桌子上扔，把碟子、碗震得跳了起来。

"看看吧，都是因为你们，让你们倒一辈子霉！"

母亲上前抱住她，微笑着劝说着。

姥爷疲惫地坐在桌子边儿上，把餐巾系在脖子上，眯缝着浮肿的眼睛，唠叨着：

"行啦，行啦！有什么大不了的，好包子咱们也不是没吃过。上帝是吝啬，他用几分钟的时间就算清了几年的账……他可不承认什么利息！"

"你坐下，瓦莉娅……"

姥爷像个疯子似的不停地念叨，在吃饭的时候总是要讲到上帝，讲不信神的阿哈夫，讲作为一个父亲的不容易。

姥姥气呼呼地打断他：

"行啦，吃你的饭吧！听见没有！"

母亲的眼睛闪着亮光，笑着问我：

"怎么样，刚才给吓坏了吧？"

"没有，刚才我不怕，现在倒觉得有点儿不舒服。"

他们吃饭的时间很长，吃得特别多，好像他们与刚才那些互相吵骂、号啕不止的人们没有什么关系似的。

他们的所有激烈的言辞和动作，再也不能打动我了。

很多年以后，我才逐渐明白，因为生活的贫困，俄罗斯人似乎都喜欢与忧伤相伴，又随时力求着遗忘，而不以不幸而感到羞惭。

漫漫的日月中，忧伤就是节日，火灾就是狂欢；在一无所有的面孔上，伤痕也成了点缀……

《爱弥儿》节选

[法] 卢梭

出自造物主之手的东西，都是好的，而一到了人的手里，就全变坏了。他要强使一种土地滋生另一种土地上的东西，强使一种树木结出另一种树木的果实；他将气候、风雨、季节搞得混乱不清；他残害他的狗、他的马和他的奴仆；他扰乱一切，毁伤一切东西的本来面目；他喜爱丑陋和奇形怪状的东西；他不愿意事物天然的那个样子，甚至对人也是如此，必须把人像练马场的马那样加以训练，必须把人像花园中的树木那样，照他喜爱的样子弄得歪歪扭扭。

不这样做，事情可能更糟糕一些。我们人类不愿意受不完善的教养。在今后的情况下，一个生来就没有别人教养的人，他也许简直就不成样子。偏见、权威、需要、先例以及压在我们身上的一切社会制度都将扼杀他的天性，而不会给它添加什么东西。他的天性将像一株偶然生长在大路上的树苗，让行人碰来撞去，东弯西扭，不久就弄死了。我恳求你，慈爱而有先见之明的母亲，最因为你善于避开这条大路，而保护这株正在成长的幼苗，使它不受人类的各种舆论的冲击！你要培育这棵幼树，给它浇浇水，使它不至于死亡，它的果实将有一天会使你感到喜悦。趁早给你的孩子的灵魂周围筑起一道围墙，别人可以画出这道围墙的范围，但是你应当给它安上栅栏。

我们栽培草木，使它长成一定的样子，我们教育人，使他具有一定的才能。如果一个人生来就又高大又强壮，他的身材和气力，在他没有学会如何使用它们以前，对他是没有用处的；它们可能对他还有所不利，因为它们将使别人想不到要帮助这个人；于是，他孤孤单单的，还没有明白他需要些什么以前，就悲惨地死了。我们怜悯婴儿的处境，然而我们还不了解，如果人不是从做婴儿开始的话，人类也许是已经灭亡了。

我们生来是软弱的，所以我们需要力量；我们生来是一无所有的，所以需要帮助；我们生来是愚昧的，所以需要判断的能力。我们在出生的时候所没有的东西，我们在长大的时候所需要的东西，全都要由教育赐予我们。

这种教育，我们或是受制于自然，或是受制于人，或是受制于事物。我们的才能和器官的内在的发展，是自然的教育；别人教我们如何利用这种发展，是人的教育；我们对影响我们的事物获得良好的经验，是事物的教育。

所以，我们每一个人都是由三种教师培养起来的。一个学生，如果在他身上这三种教师的不同的教育互相冲突的话，他所受的教育就不好，而且将永远不合他本人的心意；一个学生，如果在他身上这三种不同的教育是一致的，都趋向同样的目的，他就会自己达到他的目标，而且生活得很有意义。这样的学生，才是受到了良好的教育的。

在这三种不同的教育中，自然的教育完全是不能由我们决定的，事物的教育只是在有些方面才能够由我们决定。只有人的教育才是我们能够真正地加以控制的；不过，我们的控制还只是假定的，因为，谁能够对一个孩子周围所有的人的言语和行为通通都管得到呢？

一旦把教育看成是一种艺术，则它差不多就不能取得什么成就，因为，它要成功，就必须把三种教育配合一致，然而这一点是不由任何人决定的。我们殚思极虑所能做到的，只是或多或少地接近目标罢了；不过，要达到这一点，还需要有一些运气哩。

是什么目标呢？它不是别的，它就是自然的目标，这是刚才论证过的。既然三种教育必须圆满地配合，那么，我们就要使其他两种教育配合我们无法控制的那种教育。也许，自然这个词的意义是太含糊了，在这里，应当尽量把它明确起来。

有人说，自然不过就是习惯罢了。这是什么意思呢？不是有一些强制养成的习惯永远也不能消灭天性的吗？举例来说，有一些被我们阻碍着不让垂直生长的植物，它们就具有这样的习性。自由生长的植物，虽然保持着人们强制它倾斜生长的方向，但是它们的液汁并不因此就改变原来的方向，而且，如果这种植物继续发育的话，它又会直立地生长的。人的习性也是如此。只要人还处在同样的境地，他就能保持由习惯产生的习性，虽然这些习性对我们来说是最不自然的；但是，只要情况一有改变，习惯就消失了，天性又回复过来。教育确实只不过是一种习惯而已。不是有一些人忘掉了他们所受的教育，另外一些人则保持了他们所受的教育吗？这种差别从什么地方产生的呢？如果是必须把自然这个名词只限用于适合天性的习惯，那么，我们就可以省得说这一番多余的话了。

我们生来是有感觉的，而且我们一出生就通过各种方式受到我们周围的事物的影响。可以说，当我们一意识到我们的感觉，我们便希望去追求或者逃避产生这些感觉的事物，我们首先要看这些事物使我们感到愉快还是不愉快，其次要看它们对我们是不是方便适宜，最后则看它们是不是符合理性赋予我们的幸福和美满的观念。随着我们的感觉愈来愈敏锐，眼界愈来愈开阔，这些倾向就愈来愈明显；但是，由于受到了我们的习惯的遏制，所以它们也就或多或少地因为我们的见解不同而有所变化。在产生这种变化以前，它们就是我所说的我们内在的自然。

因此，必须把一切都归因于这些原始的倾向；如果我们所受的三种教育只不过是有所不同的话，这是可以的；但是，当三种教育彼此冲突的时候，当我们培养一个人，不是为他自己，而是为了别人的时候，又怎样办呢？这样，要配合一致，就不可能了。由于不得不同自然或社会制度进行斗争，所以必须在教育成一个人还是教育成一个公民之间加以选择，因为我们不能同时教育成这两种人。

凡是一个小小的社会，当它的范围很窄，而内部又好好团结的时候，便同大的社会相疏远。凡是爱国者对外国人都是冷酷的：在他们心目中，外国人只不过是人，同他们是没有什么关系的。这种缺陷是不可避免的，然而是很微小的。重要的是，要对那些同他们一块儿生活的人都很好。在国外，斯巴达人是野心勃勃的，是很贪婪的，是不讲仁义的，然而在他们国内，却处处洋溢着公正无私、和睦无间的精神。不要相信那些世界主义者了，因为在他们的著作中，他们到遥远的地方去探求他们不屑在他们周围履行的义务。

这样的哲学家之所以爱鞑靼人，为的是免得去爱他们的邻居。

　　自然人完全是为他自己而生活的。他是数的单位，是绝对的统一体，只同他自己和他的同胞才有关系。公民只不过是一个分数的单位，是依赖于分母的，它的价值在于他同总体，即同社会的关系。好的社会制度是这样的制度：它知道如何才能够最好地使人改变他的天性，如何才能够剥夺他的绝对的存在，而给他以相对的存在，并且把"我"转移到共同体中去，以便使各个人不再把自己看作一个独立的人，而只看作共同体的一部分。罗马的一个公民，既不是凯尤斯，也同样，共和国之间的战争也是比君主国之间的战争更加残酷的。但是，尽管君王之间的战争比较缓和，然而可怕的却是他们的和平：与其做他们的臣民，倒不如做他们的敌人。不是鲁修斯，他就是一个罗马人，他爱他那所独有的国家。由于变成了他的主人的财产，雷居鲁斯便自称为迦太基人。作为外国人，他拒绝接受罗马元老院的席位。这要一个迦太基人给他下命令，他才能接受。他对别人想挽救他的生命，感到愤慨。他胜利了，于是就昂然回去，受酷刑而死。这在我看来，对我们现在所了解的人来说，是没有什么重大的意义的。

　　斯巴达人佩达勒特，提出他自己要参加三百人会议，他遭到拒绝，然而，鉴于斯巴达有三百个胜过他的人，他也就高高兴兴地回去了。我认为，这种表现是真诚的，我们有理由相信它是真诚的：这样的人就是公民。

　　有一个斯巴达妇女的五个儿子都在军队里，她等待着战事的消息。一个奴隶来了，她战栗地问他。"你的五个儿子都战死了。""贱奴，谁问你这个？""我们已经胜利了！"于是，这位母亲便跑到庙中去感谢神灵。这样的人就是公民。

　　凡是想在社会秩序中把自然的感情保持在第一位的人，是不知道他有什么需要的。如果经常是处在自相矛盾的境地，经常在他的倾向和应尽的本分之间徘徊犹豫，则他既不能成为一个人，也不能成为一个公民，他对自己和别人都将一无好处。我们今天的人，今天的法国人、英国人和中产阶级的人，就是这样的人。他将成为一无可取的人。

　　要有所成就，要成为独立自恃、始终如一的人，就必须言行一致，就必须坚持他应该采取的主张，毅然决然地坚持这个主张，并且一贯地实行这个主张。我等待着人们给我展现这样的奇迹，以便知道他是一个人还是一个公民，或者，他要同时成为这两种人，又是怎样做的。

从这两个必然是互相对立的目的中，产生了两种矛盾的教育制度：一种是公众的和共同的，另一种是特殊的和家庭的。

如果你想知道公众的教育是怎么一回事，就请你读一下柏拉图的《理想国》，这本著作，并不像那些仅凭书名判断的人所想象的是一本讲政治的书籍。它是一篇最好的教育论文，像这样的教育论文，还从来没有人写过哩。

当人们谈到空想的国家的时候，他们就提出柏拉图的制度；然而，要是莱喀古士只把他那套制度写在纸上而不付诸实施的话，我可能还以为它更空想得多。柏拉图只不过是要人纯洁他的心灵，而莱喀古士却改变了人的天性。

公共的机关已不再存在了，而且也不可能存在下去，因为在没有国家的地方，是不会有公民的。"国家"和"公民"这两个词应该从现代的语言中取消。其理由我是很清楚的，但是我不愿意谈它，因为它同我阐述的问题没有什么关系。

那些可笑的机构，人们称之为学院，然而我是不把它们当成一种公共的教育制度来加以研究的。我也不把世人的教育看作这种制度，因为这种教育想追求两个相反的目的，结果却两个目的都达不到。它只能训练出一些阴险的人来，这些人成天装着事事为别人，却处处为的是他们自己。不过，这种表现既然是大家都有，所以也就骗不了任何人。这不过是枉费心机罢了。

我们本身不断感受到的矛盾，就是从这些矛盾中产生的。由于被自然和人引到了相反的道路，由于在这些不同的推动力之间不得不形成分歧，所以，我们就从中采取一个混合的办法，然而这个办法使我们既不能达到这个目标，也不能达到那个目标。我们在整个的一生中就是这样地斗争和犹豫，以致还不能达到我们的意愿，还不能对我们和别人有所贡献，就结束了我们的生命。

现在要谈一谈家庭教育或自然的教育了。如果一个人唯一无二地只是为了他自己而受教育，那么，他对别人有什么意义呢？如果一个人所抱的两重目的能够结合为一个单独的目的，那么，由于消除了人的矛盾，他就消除了他的幸福生活中的一大障碍。要判断这个人，就必须看他成人以后是怎样的；必须在了解了他的倾向、观察了他的发展、注意了他在有几个学校里，尤其是在巴黎大学，有几位教师我是很喜欢的，我很尊敬他们；我相信，如果他们不是被迫地照成规做事的话，他们是能够很好地教育青年的。我鼓励其中的一位发表他所拟的改革计划。当人们看到并不是没有救药的时候，也许终于会想法纠正这种不良的状况的。所走的道路之后，才能作出判断；一句话，必须了解自然的人。我相信，人们在看完这本书以后，在这个问题上就可能有几分收获。

要培养这样一个难得的人，我们必须要做些什么工作呢？要做的工作很多，这是毫无疑问的。万万不要无所事事，一事无成。当我们只遇到逆风行舟的时候，我们调整航向迂回行驶就可以了；但是，当海面上波涛汹涌，而我们又想停在原地的时候，那就要抛锚。当心啊，年轻的舵手，别让你的缆绳松了，别让你的船锚动摇，不要在你还没有发觉以前，船就漂走了。

在社会秩序中，所有的地位都是有标记的，每个人就应该为取得他的地位而受教育。如果一个人是按照他命定的地位而培养的，则对其他的地位就不再适宜了。只有在命运同父母的职业一致的时候，教育才是有用的，而在其他的情况下，未尝不是由于教育给了学生的偏见，反而对他有害处。在埃及，儿子是不能不依从他父亲的身份的，所以教育至少还有一个确实可以达到的目标，但是在我们这里，只有阶级始终是那个样子，而人则不断改变他的地位，谁也不知道，在培养他的儿子去取得他的地位的时候，他是不是在危害他哩。在自然秩序中，所有的人都是平等的，他们共同的天职，是取得人品。不管是谁，只要在这方面受了很好的教育，就不至于欠缺同他相称的品格。别人要我的学生做军人，做教士，或者做律师，我没有什么意见。在从事他父母的职业以前，大自然就已经叫他认识人生了。生活，这就是我要教他的技能。从我的门下出去，我承认，他既不是文官，也不是武人，也不是僧侣，他首先是人：一个人应该怎样做人，他就知道怎样做人，他在紧急关头，而且不论对谁，都能尽到做人的本分；命运无法使他改变地位，他始终将处在他的地位上。"命运啊，我对你早有防备，我已经把你俘虏，并且把所有一切你能够来到我身边的道路通通堵塞。"

我们要真正研究的是人的地位。在我们中间，谁最能容忍生活中的幸福和忧患，我认为就是受了最好教育的人。由此可以得出结论：真正的教育不在于口训而在于实行。我们一开始生活，我们就开始教育我们自己了；我们的教育是同我们的生命一起开始的，我们的第一个教师便是我们的保姆。"教育"这个词，古人用时还有另外一个意思，那就是"养育"，不过，这个意思现在我们已经不再用它了。瓦罗说："助产妇接生，乳母哺育，塾师启蒙，教师教导。"因此，教育、教训和教导，是三样事情，它们的目的也像保姆、塾师和教师的一样，是各不相同的。然而，这些区别没有被人们弄清楚。为了要受到良好的教育，儿童是不应该只跟从一个向导的。

所以，我们必须一般地观察问题，必须把我们的学生看作抽象的人，看作无时不受人生的偶然事件影响的人。如果一个人生来就固定在一个地方的土地上，如果一年四季都没有什么变化，如果每一个人都听天由命，以致永远也不能有所改变，则现行的办法在某些方面还是很好的。一个儿童受了为取得其地位的教育，由于永远不能脱离这种地位，所以也就不至遇到他种地位的种种麻烦。但是，鉴于人生的变化无常，鉴于这个世纪使我们整个一代人为之茫然失措的动荡不安的精神，我们想一想，还有什么方法比把儿童当作永远不出房门、时时刻刻都有人左右侍候的人来培养更荒谬的呢？只要这个可怜的人在地上行动一步，只要他走一步下坡路，他就遭到毁灭了。这并不是说要教他去受这种痛苦，而是要使他知道这种痛苦。

人们只想到怎样保护他们的孩子，这是不够的。应该教他成人后怎样保护他自己，教他经受得住命运的打击，教他不要把豪华和贫困看在眼里，教他在必要的时候，在冰岛的冰天雪地里或者马耳他岛的灼热的岩石上也能够生活。你劳心费力地想使他不致死去，那是枉然的，他终归是要死的。那时候，虽说他的死不是由于你的操心照料而造成，但是你所费的这一番苦心是可能被误解的。所以，问题不在于防他死去，而在于教他如何生活。生活，并不就是呼吸，而是活动，那就是要使用我们的器官，使用我们的感觉、我们的才能以及一切使我们感到我们的存在的本身的各部分。生活得最有意义的人，并不就是年岁活得最大的人，而是对生活最有感受的人。虽然年满百岁才寿终而死，也等于他一生下来就丧了命，如果他一直到临死的那一刻都过的是最没有意义的生活的话，他还不如在年轻的时候就走进坟墓好哩。

我们的种种智慧都是奴隶的偏见，我们的一切习惯都在奴役、折磨和遏制我们。文明人在奴隶状态中生，在奴隶状态中活，在奴隶状态中死：他一生下来就被人捆在襁褓里；他一死就被人钉在棺材里，只要他还保持着人的样子，他就要受到我们的制度的束缚。

听说，有些助产妇按摩新生婴儿的头，企图使他有一个更合适的脑袋样子，而人们也容许她们这样做！也许是造人的上帝把我们的头做得不好，所以，外貌要由助产妇来定它的样子，里面要由哲学家来定它的内容。加利比人倒比我们要幸运得多。

儿童刚出娘胎，刚一享受活动和伸展肢体的自由时，人们又重新把他束缚起来。人们用襁褓把他包着，把他放在床上这样睡着：头固定在一定的位置，两腿伸直，两臂放在身子旁边；还用各式各样的衣服和带子把他捆扎起来，连位置也不能挪动。如果不把他捆得有碍呼吸，如果人们细心地让他侧躺着，让他应该吐掉的口涎能够吐出来，那他就算是幸运了！因为他不可能自由地侧过头来使口涎容易吐出来。

新生的婴儿需要伸展和活动他的四肢，以便使它们不再感到麻木，因为它们成一团，已经麻木很久了。不错，人们是让他的四肢伸展着的，但是人们却不让它们自由活动，甚至还用头巾把他的头包起来，似乎人们害怕他有活命的样子。

这样一来，促进身体内部发育的动力便在它要给孩子以运动时遇到了不可克服的障碍。孩子继续不断地枉自挣扎一阵，以致耗尽了他的体力，或者延迟了他的发育。他在衣胞里还没有他扎着尿布那样感到局促、痛苦和拘束。我看不出他生出来有什么好处。

165

人们把孩子的手足束缚起来，以致不能活动，感到十分的拘束，这样只有阻碍血液和体液的流通，妨害孩子增强体力和成长，损伤他的体质。在不采用这些过分小心的办法的地方，人人都长得高大强壮，体材十分匀称。凡是用襁褓包裹孩子的地方，到处都可看到驼背的、瘸腿的、膝盖内弯的、患佝偻病的、患脊骨炎的以及各种各样畸形的人。由于害怕自由活动会使身体成为畸形，结果却逼着它们长成畸形。为了防止孩子们成为残废，人们就甘愿使他们的关节僵硬。

像这样残酷的束缚，难道不会影响孩子们的脾气和性格吗？他们的第一个感觉，就是一种痛苦的感觉，他们感到每一个必要的活动都受到阻碍，他们比戴着手铐脚镣的犯人还要难过，他们徒然挣扎，他们愤怒，他们号哭。你们说，他们第一次发出的声音是不是哭出来的呢？我认为确实是哭出来的，因为他们一生下来你们便妨碍他们的活动；他们从你们那里收到的第一件礼物是锁链，他们受到的第一种待遇是苦刑。除了声音以外，什么也不自由，他们怎能不用他们的声音来诉他们的苦呢？他们哭诉你们施加给他们的痛苦，要是你们也这样被捆着绑着的话，也许比他们哭得更厉害呢。

这种荒谬的习惯是从哪里来的呢？是来自一种不合自然的习惯。自从母亲们轻视她们的头等责任，不愿意哺育自己的婴儿以后，便只好把婴儿交给雇用的保姆。这些保姆觉得自己在给别人的婴儿做母亲，对婴儿在天性上就不投合，所以就尽量想方设法减少麻烦。自由自在的婴儿是需要经常看守着的，但是，把他好好地包起来以后，就可以随便放在一个角落里，任他们去啼哭了。只要保姆的漠不关心不露痕迹，只要那吃奶的孩子不摔断胳臂或大腿，那么，即使是死了，或者终身成为一个虚弱多病的人，又有什么关系呢？人们保全了孩子的手足，却损害了他们的身体；而且，不论出了什么事情，都不算保姆的罪过。

那些美貌的母亲摆脱了喂养婴儿的累赘，高高兴兴地在城里寻欢作乐，她们可曾知道在襁褓中的孩子在乡村里受到怎样的对待？当保姆稍为忙一点儿的时候，她们便把孩子当作一包破衣服似的搁在一边，不去管他；当她们不慌不忙地去做她们的事情时，那可怜的孩子便一直受着那样的折磨。我们发现，在这种情况下的孩子，其脸色都是青的；捆得紧紧的胸部，不让血液流通，于是血液便充斥头部。人们满以为这个受苦的孩子非常安静，其实是因为他没有哭泣的力量了。我不知道一个孩子在这种情况下能够活多少钟头而不至于丧失生命，不过，要这样维持很久我是怀疑的。这一点，我想，就是使用襁褓的最大的好处之一。

有人以为，如果让婴儿自由自在，他们便会采取一些不良的姿势，做一些可以妨害他们四肢美好形态的动作。这是从我们虚假的知识推想出来的空洞论点之一，这个论点从来没有得到任何经验的证实。在比我们通情达理的民族中，孩子们都是在四肢无拘无束的状态中抚养起来的，在他们当中就没有看见过一个受伤的，或者残废的，他们不会让他们的动作剧烈到发生危险的程度，当他们采取猛烈的姿势时，痛苦的感觉便马上会告诉他们改变这种姿势。

我们还没有想到过要把小狗或小猫包在襁褓里，然而，谁曾看见，由于没有这样的关心便使它们遇到任何困难呢？我同意一点，婴儿比较重些，然而相比之下他们也较软弱。他们刚刚能活动，怎么就能伤残自己的身体呢？如果你使他们躺着，他们可能会在这种状态中死去，像乌龟一样，永远也不能翻过身来。

虽然妇女们已经不再给自己的孩子喂奶了，但她们还是不满意，她们竟然想不生孩子，其后果是很自然的。由于母亲的职责很繁重，她们不久就想出了完全摆脱这种职责的办法：她们使她们所怀的孕变成无用，以便重新怀孕，这样，她们就把繁殖人类的乐趣变成为对人类的残害。这个习惯，再加上其他使人口减少的种种原因，已经向我们宣告了欧洲来日的命运。它所产生的科学、艺术、哲学和道德即将把它变成一个荒凉的土地。它将来是遍地猛兽，因为它不能极大地改变居民的这种做法。

我有几次看见一些年轻的妇女玩弄小聪明，她们假装愿意给孩子喂奶。她们知道别人是一定要她们抛掉这种奇怪的想法的：她们巧妙地使她们的丈夫、医生，特别是老太太，来干涉这种事情。如果一个丈夫竟然同意妻子给孩子授乳的话，他就会失去体面，别人会把他当作一个想害死妻子的凶手。谨慎的丈夫，为了安静地过日子，就必须牺牲父亲对孩子的爱。幸而你们在乡下能找到比你们的妻子更能自我克制的妇女！要是你们的妻子这样省下来的时间不是用于别人，而单单是用在你们身上，那你们就更幸运了！

妇女们的责任是无可怀疑的，然而，由于她们轻视这种责任，所以她们就争辩说，吃她们的奶或者吃别人的奶，对孩子都是一样的。这个问题要由医生来裁决，不过我认为它已经是按照妇女们的愿望解决了的。至于我，我觉得，如果担心一个孩子再从生育他的血液中得到什么新的病症的话，他倒是宁可吃健康的保姆的奶，而不吃那娇坏了的母亲的奶的。

但是，应不应该仅仅从体质方面来看这个问题呢？难道一个孩子需要母亲的关怀，不如他需要母亲的奶吗？其他的妇女，甚至畜生，也可以使孩子吃到他的母亲不愿意给他吃的奶，然而她们绝不能像母亲那样地关心孩子。凡是把奶给别人的孩子吃而不给自己的孩子吃的，就不是好母亲，这样的人怎能成为一个好保姆呢？也许她们是能够变成好保姆的，但这是慢慢地变的；必须要习惯来改变她们的天性，所以，在保姆对孩子产生母亲之爱以前，那照顾得不周到的孩子也许是已经死过一百次了。

请保姆授乳的好处，其本身就可产生一种坏处，而单拿这种坏处来说，就足以使一切重感情的妇女不敢把自己的孩子交给别人去哺养。这种坏处是：她将把母亲的权利分给别人，或者说得更确切一点，让给别人；她将看着她的孩子跟爱她一样地爱另外一个妇女，或者比爱她还要爱得更真诚一些。她将感觉到他对他的生母表现的那种恭顺，只是一种礼数，而对养母的恭顺，则是一种责任。因为，我在那里找到了一个母亲的苦心操劳，难道不应该对她表示一个儿子的依依之情吗？

她们消除这种害处的办法是，教唆孩子轻视他们的保姆，把她当作真正的仆人看待。当保姆授乳的期限一满，她们就把孩子领回来，或者把保姆辞掉；当保姆来看她哺养的孩子时，她们就对她表示爱理不理的样子，这样就可谢绝她来看他了。几年以后，他就再也看不到她了，再也认不得她了。这位母亲以为这样做就代替了保姆，以为用这种冷酷无情的办法就可弥补她的过失，实际上她是想错了。她不但不能把这个天性已变的孩子变成一个孝顺的儿子，反而使他学到一些忘恩负义的行为，正如她教他看不起用奶哺养他的保姆一样，她正在教他日后看不起他生身的母亲。

　　要是反反复复地这样空谈一些有益的问题不致令人那么丧气的话，我是多么想再详细地论述这一点啊！这联系到许多你想也没有想到过的事情。你愿意使每一个人都负起他首要的责任吗？你就从那些做母亲的人开始，要她们负起她们的责任来。你引起的变化将使你感到惊奇。所有一切都是相继由这个最严重的堕落行为产生的：整个的道德秩序都变了，大家的天性都泯灭了，家里也没有那种活泼泼的气氛了，一个新家庭的动人的情景再也系不住丈夫的心了，也不受外人的尊重了。人们看不见孩子，也就不那么尊敬孩子的母亲了。在家里再也住不下去了，习惯也不能增进血缘的关系了。父不父，母不母，子不子，兄不兄，妹不妹，大家都几乎不认识了，怎么能相亲相爱呢？每个人都只顾他自己。当家庭变成了一个凄凄惨惨的地方，那就需要到别处去寻求快乐了。

　　要是母亲们都能眷顾她们的孩子，亲自授乳哺育，则风气马上可以自行转移，自然的情感将在每一个人的心里振奋起来，国家的人口又将为之兴旺，这是首要的一点，单单这一点就可使一切都融洽起来。家庭生活的乐趣是抵抗坏风气的毒害的最好良剂。孩子们的吵吵闹闹，人们原来是感到很讨厌的，现在也觉得很有趣了；父亲和母亲更加感到他们彼此是很需要的，他们相互间比以往更加亲爱了，他们的夫妇关系也更为紧密了。当家庭生气勃勃、热热闹闹的时候，操持家务就成了妇女最可贵的工作，就成了丈夫最甜蜜的乐事。所以，矫正了这个无比的恶习，则其他的恶习不久就可全部革除，自然不久就可恢复常态。一旦妇女们又负起做母亲的责任，则男子立刻就可负起做父亲和做丈夫的责任。

　　这些话都是多余的！对世间的快乐已感到厌倦，是绝不会再感觉到家庭的快乐的。妇女们已经不担负母亲的职责了。她们将来也不再担负这种职责，而且也不愿意担负这种职责。以后，即使她们愿意担负这种职责，她们也很难担负得起来。今天，母亲不亲自授乳的风气已经确立，每一个授乳的女人将会同她周围的所有妇女的反对态度进行斗争，因为她们结成一伙反对她这种她们没有做过的样子，而且也不愿意学习这种样子。

　　但是，有时候也见到一些天性善良的年轻妇女在这个问题上敢于抗拒这种势力和其他的女人的叫嚷，以坚贞不拔的勇敢精神去完成自然赋予她们的极其高尚的使命，但愿这样的妇女由于担负这种使命而给她们带来益处人数一天天地增多起来！根据最简单的道理得出来的结论，根据我从来没有看见过任何人曾加以反驳的事例，我敢向这些可敬的母亲保证，保证她们将得到她们丈夫的坚定不移的爱情，保证她们将得到她们的孩子的真诚的孝顺，保证她们将得到人人的尊敬，保证她们分娩顺利，毫无痛苦和不良的后果，保证她们身体健康，精力充沛，最后，还保证她们终有一天将高兴地看到自己的女儿学她们的榜样，看到其他的丈夫叫他们的妻子以她为模范。

母不母，则子不子。他们之间的义务是相互的，如果一方没有很好地尽她的义务，则对方也将不好好地尽他的义务。孩子知道了应该爱他的母亲，他才会爱她。如果血亲之情得不到习惯和母亲关心照料的加强，它在最初的几年中就会消失，孩子的心可以说在他还没有出生以前就死了。从这里，我们开头的几步就脱离了自然。

当一个妇女不是不给孩子以母亲的关心而是过于关心的时候，她也可以从一条相反的道路脱离自然。这时候，她把她的孩子造成为她的偶像，她为了防止孩子感觉到自己的娇弱，却把孩子养得愈来愈娇弱，她希望他不遭受自然法则的危害，于是使他远离种种痛苦，可是没有想到，由于她一时使他少受一些折磨，却在遥远的将来把多么多的灾难和危险积累在他的身上，没有想到这种谨小慎微的做法是多么残酷，它将使幼小时期的娇弱继续延长，到成人时受不住种种劳苦，有一则寓言说，忒提斯为了使她的儿子成为一个刀枪不入的人，便把他浸在冥河的水里。这个寓言很好，寓意也很清楚。可是我所说的那些残酷的母亲，她们的做法却完全不同，由于她们使孩子沉浸在温柔舒适的生活里，所以实际是在给他们准备苦难。她们把他们身上的毛孔打开，让各种各样的疾病侵袭，使他们长大的时候，成为这些疾病的牺牲品。

遵循自然，跟着它给你画出的道路前进。它在继续不断地锻炼孩子；它用各种各样的考验来磨砺他们的性情。它教他们从小就知道什么是烦恼和痛苦。出牙的时候，就使他们发烧；肠腹疼痛的时候，就使他们产生痉挛；咳嗽厉害的时候，就使他们喘不过气来；肠虫折磨他们；多血症败坏他们的血液；各种各样的酵素在他们的血中发酵，引起危险的斑疹。在婴儿时期，他们差不多都是在疾病和危险中度过的。出生的孩子有一半不到八岁就死了。通过了这些考验，孩子便获得了力量。一到他们能够运用自己的生命时，生命的本原就更为坚实了。遵循这是自然的法则。你为什么要违反它呢？由于你想改变这个法则，结果是毁了孩子，阻碍了它对孩子的关心照料取得成效，这一点，你难道还不明白吗？孩子在室外受到自然给他的锻炼，这在你看来是倍加危险，可是相反，这是在分散危险，减少危险。经验告诉我们，娇生惯养的孩子比其他的孩子死得还多一些。只要我们不使他们做超过其能力的事情，则使用他们的体力同爱惜他们的体力相比，其为害还是要小一些。因此，要训练他们经得起他们将来有一天必然要遇到的打击。锻炼他们的体格，使他们能够忍受酷烈的季节、气候和风雨，能够忍受饥渴和疲劳。把他们浸在冥河水里吧。在身体的习惯未形成以前，你可以毫无危险地使他们养成你所喜欢的习惯；可是，一旦他们有了牢固的习惯，要作任何改变的话，对他们都是很危险的。一个孩子可以忍受一个大人不能忍受的变化，因为最初的性情是柔和易导的，不用花多大的力气就可以养成我们给它确定的类型，而成人的性情就比较执拗，只有用暴力才能改变它已经形成的类型的。所以，我们能够在使孩子的生命和健康不遭到任何危害时，就把他培养得十分健壮的，即使有什么危险的话，也不必犹豫。因为，既然这些危险是同人生分不开的，那么，除了在他一生当中趁它们为害最轻的时候就抛掉它们之外，还有什么更好的办法呢？遵循孩子随着年龄的增长而愈加宝贵。除了他个人的价值以外，还加上别人为了照料他而花用的种种耗费；除了丧失他的生命以外，还加上我们对他有死亡的感伤。因此，在百般保护他的时候，特别要考虑到他的将来。要抵抗青年时期的祸害，就必须在他未遭遇这些祸害以前把他武装起来，因为，如果说在达到能够利用生命的年岁以前，生命的价值是一直在增加的话，那么，在童年时候使他少受一些痛苦，而结果却使他在达到有理智的年龄时遇到更多的痛苦，这个方法岂不愚蠢！难道说这就是师教？

　　人的命运是时时刻刻要遭到痛苦的。对他的操心照料，其本身就是同痛苦相联系的。幸而他在童年时候所遇到的只不过是身体上的痛苦，这同其他的痛苦比较起来，没有那样残酷，没有那样悲哀，而且，同那些使我们产生绝命念头的痛苦相比，还是极其少的。一个人是绝不会因为患痛风症而自杀的，唯有心灵的痛苦才使人灰心失望。我们同情儿童的命运，然而应该同情的却是我们的命运。我们更大的灾祸都是我们自己造成的。

在出生的时候，孩子就会啼哭。他的婴儿时期就是在啼哭中度过的。有时候，人们为了哄他，就轻轻地摇他两下，夸他几句；有时候，人们为了不许他吵闹，就吓他，就打他。要么，他喜欢怎么做我们就怎么做，要么，我们硬要他照我们的意思做。不是我们顺从他奇奇怪怪的想法，就是我们要他顺从我们奇奇怪怪的想法：折中的办法是没有的，不是他命令我们，就是我们命令他。所以，他首先获得的观念，就是权势和奴役的观念。还不会说话，他就在支配人了。还不会行动，他就在服从人了。有时候人们惩罚他，可是他还认识不到他犯了什么过失，说得更确切点，他还没有犯过失的能力哩。人们就是这样很早地把这些情绪灌入他幼小的心灵，可是以后又推说那是天性，费了许多气力把孩子教坏之后，又抱怨他成了这样的人。

一个孩子要这样在妇女们的手中度过六七个年头，结果是成了她们和他自己乖僻任性的牺牲品；她们教他这样和那样之后，也就是说，在他的脑子里填入了一些他不明白的语言或对他一无好处的事物之后，用她们培养的情绪把他的天性扼杀之后，就把这个虚伪的人交到一个教师的手里，由这位教师来发展他业已充分养成的人为的病原，教给他一切的知识，却就是不教他认识他自己，不教他利用自己的长处，不教他如何生活和谋求自己的幸福。最后，当这个既是奴隶又是暴君的儿童，这个充满学问但缺乏理性、身心都脆弱的儿童投入社会，暴露其愚昧、骄傲和种种恶习的时候，大家就对人类的苦痛和邪恶感到悲哀。你们搞错了，这个人是照我们奇异的想法培养起来的，自然的人不是这个样子的。

所以，要是你希望保持他原来的样子，则从他来到世上的那个时刻起就保持它。他一诞生，你就把他掌握在自己的手里，他尚未成人，你就不要放弃他：不这样做，你是绝对不会成功的。既然真正的保姆是母亲，则真正的教师便是父亲。愿他们在尽责任的先后和采取怎样的做法方面配合一致；愿孩子从母亲的手里转到父亲的手里。由明理有识而心眼儿偏窄的父亲培养，也许比世界上最能干的教师培养还好些，因为，用热心去弥补才能，是胜过用才能去弥补热心的。

可是，有许多的事情、工作、职责……啊！职责，毫无疑问，做父亲的职责是最后才考虑的！我们用不着惊奇，一个人的妻子不愿意哺育他们爱情的果实，则他也就不愿意对他的孩子进行培养。再没有什么图画比家庭这幅图画更动人的了，但是，只要其中少画了那么一笔，也就把整个图画弄糟了。如果说母亲的身体太坏，不能哺育孩子，则父亲的事情太忙，也就不能教育孩子。孩子们远远地离开家庭，有的住在寄宿学校，有的住在教会女子学校，有的住在公立学校，他们把自己的家庭之爱带到其他的地方去了，或者说得更清楚一点，他们把对谁都不爱的习惯带到家里来了。兄弟姊妹彼此都几乎不相识了。当他们拘泥地聚在一块儿的时候，他们都表现得非常客气，彼此都当作外人看待。只要父母之间没有亲热的感情，只要一家人的聚会不再使人感到生活的甜蜜，不良的道德就势必来填补这些空缺了。难道说真有人竟愚蠢到看不出所有这一切的连锁关系吗？

一个做父亲的，当他生养了孩子的时候，还只不过是完成了他的任务的三分之一。他对人类有生育人的义务；他对社会有培养合群的人的义务；他对国家有造就公民的义务。凡是能够偿付这三重债务而不偿付的人，就是有罪的，要是他只偿付一半的话，也许他的罪还要大一些。不能借口贫困、工作或人的尊敬而免除亲自教养孩子的责任。读者诸君，请你们相信我这一番话。凡是有深情厚爱之心的人，如果他忽视了这些如此神圣的职责，我可以向他预言，他将因为他的错误而流许多辛酸的眼泪，而且永远也不能从哭泣中得到安慰。

这个有钱的人，这个家庭中如此忙碌的父亲，据他说，他是不得已才放弃他的孩子不管的，他采取怎样的做法呢？他的做法是，拿钱去雇一个人来替他完成他所担负的责任。满身铜臭的人，你以为用钱就可以给你的儿子找到一个父亲吗？你不要犯这样的错误了，你给你的孩子雇来的这个人，甚至不能说是教师，他是一个奴仆。他不久就将把你的儿子培养成第二个奴仆。

一个好教师应该具有哪些品质，人们对这个问题是讨论了很多的。我所要求的头一个品质（它包含其他许多品质）是：他绝不做一个可以出卖的人。有些职业是这样的高尚，以致一个人如果是为了金钱而从事这些职业的话，就不能不说他是不配这些职业的：军人所从事的，就是这样的职业；教师所从事的，就是这样的职业。那么，谁来教育我的孩子呢？这，我已经向你说过，要你自己。我不能教。你不能教！……那就找一个朋友好了。我看不出还有其他的办法。

一个教师！啊，是多么高尚的人！……事实上，为了要造就一个人，他本人就应当是做父亲的或者是更有教养的人。像这样的职责，你竟放心交给一些为金钱而工作的人。

我们愈是思考这方面的问题，我们就愈发现一些新的困难。教师必须受过教育，才能教育他的学生，仆人必须受过教育，才能为他的主人服务，所有接近学生的人都必须先获得他们应当使他领会的种种印象；必须受了一层教育又受一层教育，一直受到谁也不知道到了什么地方为止。把孩子交给一个连他本身都没有受过良好教育的人培养，又怎能培养得好呢？

这样一个难得的人，是不是找得到呢？这我是不知道的。在这堕落的时代，谁知道一个人的灵魂还能达到多少高尚的程度呢？不过，我们假定这样一个出类拔萃的人是找到了。那么，就先要考虑他应该做些什么，我们才能希望他是怎样的人。我相信，我可以这样预先断定，即做父亲的人在认识到一个好教师的整个价值的时候，他将毅然决定不用任何教师；因为，他为了找到这样一个教师而花费的力量，将比他自己做教师花费的力量多得多。因此，他愿意做一个朋友，也愿意培养他的儿子做朋友。这样就省得到其他的地方去找教师了，而且，大自然已经把教育的工作做了一半了。

有一个人，我只知道他是很显贵的，他曾经请我去教他的儿子。这当然是给了我很大的荣誉；不过，他不但不应该怨我拒绝了他的请求，而且应该以我的谨慎从事而感到庆幸。如果我接受了他的请求，如果我在我采用的方法上走错了路，那么，即使去教也是要失败的；但是，如果我成功的话，其结果可能是更糟糕的，他的儿子也许将放弃他的头衔，再也不愿意做公爵了。

我深深明了一个教师的责任是十分重大的，同时感到自己的能力是太不够了，所以不论什么人请我担任这个职务，我都是绝不接受的，至于朋友的荐引，对我来说，更是一个新的拒绝的原因。我相信，看过我的这本书之后，就很少有人向我提出这样的请求了。我要求那些打算请我做教师的人再也不要白费气力了。我以前曾经对这个职业做过充分的尝试，以便证明我不适合于这个工作，即使我的才能使我能够担任的话，我的景况也是不容许的。有些人似乎对我的话还不十分重视，因而不相信我的决定是真心诚意的，而且是有根据的，我认为，我应该公开地向他们声明这一点。

我虽然不能担负这个最有意义的工作，但是我可以大胆地尝试一下最容易的事情：按照其他许多人的样子，不去参与其事，而从事著述，应当作的事情我虽不做，但我要尽我的力量把它说出来。

我知道，在类似这种著书立说的事业中，由于作者总是在自由自在地阐述一些不用他去实施的方法，因此，他可以轻而易举地提出许多不能实行的美好的方案，但是，由于缺少详细的内容和例子，他所说的话即使可以实行，在他没有说明怎样应用的时候，也是没有用处的。

所以，我决定给我一个想象的学生，并且还假设我有适合于进行其教育的年龄、健康、知识和一切才能，而且，从他出生的时候起就一直教育到他长大成人，那时候，他除了他自己以外，就不再需要其他的指导人了。我觉得，这个方法可以用来防止一个对他不信任的作者误入幻境。因为，一旦他离开了通常的方法，他就只好把他的方法试用于他的学生，他不久就会感觉到，或者说读者会替他感觉到，他是不是按照孩子的成长和人心的自然的发展而进行教育的。

这就是在种种困难面前我要努力去做的事。为了不致使本书因许多不必要的材料而篇幅太大，我就把每个人都能觉察其是否正确的原理提出来就是了。至于那些需要加以实验的法则，我把它们都应用在我的爱弥儿和其他人的身上，并且使人们在极其详尽的情节中看到我拟定的方法是能够

175

付诸实践的。我准备实行的计划至少要做到这个样子，至于说我是不是做得成功，那就要由读者判断了。

由于这个原因，我在开始的时候便很少谈到爱弥儿，因为，我对教育采取的首要准则，虽同大家公认的准则相反，然而是非常明白的，凡是通情达理的人都很难说是不赞成的。可是，当我继续说下去的时候，我的学生由于跟你的学生所受的教育不同，因此他已经不再是一个一般的儿童，必须对他采取一套特殊的教法。从此以后，他就频频出场，到结尾的时候，我没有一刻工夫不见到他，以致不论他说什么话的时候，都不需要我替他说了。

我在这里没有论述一个好教师应该具备哪些才能，我假设了这些才能，并且假设我自己具有这一切才能。在阅读本书的时候，人们将看到我对自己是多么落落大方。

我只谈一下我跟一般人意见不同的地方。我认为，一个孩子的教师应该是年轻的，而且，一个聪慧的人能够多么年轻就多么年轻。如果可能的话，我希望他本人就是一个孩子，希望他能够成为他的学生的伙伴，在分享他的欢乐的过程中赢得他的信任。在儿童和成年人之间共同的地方不多，所以在这个距离上永远不能形成十分牢固的情谊。孩子们有时候虽然是恭维老年人，但从来是不喜欢他们的。

人们也许希望他的教师曾经是教过一次学生的，这个希望是太大了。同一个人只能够教一次学生，如果说需要教两次才能教得好的话，那么他凭什么权利去教第一次呢？

一个人有了更多的经验，当然可以做得更好些，但他是不可能这样做下去的。不论是谁，如果他相当成功地把这种事业完成一次之后，他就会感到其中的辛酸，因此就无心再从事这样的工作了，至于说他头一次就做得很糟糕，那就可以预断第二次也一定是很坏的。

我也认为，跟一个青年人相处四年，或教他二十五年，其间是有很大差别的。你是在你的儿子已经成长的时候才给他找一个教师的，而我则希望他在出生以前就有一个教师。你所请来的这位教师每五年可以换一个学生，而我请来的这位教师则永远只教一个学生。你把教师和导师加以区别，这又是一种愚蠢的想法！你还区别不区别门徒和学生呢？只有一门学科是必须要教给孩子的：这门学科就是做人的天职。这门学科是一个整体，不管色诺芬对波斯人的教育说了些什么，反正这门学科是不可分割的。此外，我宁愿把有这种知识的老师称为导师而不称为教师，因为问题不在于要他拿什么东西去教孩子，而是要他指导孩子怎样做人。他的责任不是教给孩子们以行为的准绳，他的责任是促使他们去发现这些准绳。

如果说一定要十分仔细地挑选一个老师，那么，也必须容许老师去挑选他的学生，尤其在打算挑一个学生来做样子的时候更是如此。不能根据孩子的天赋和性格来挑选，因为，一方面只有在我的工作完成的时候才知道他有怎样的天赋和性格，另一方面我是在他出生以前就接受了他作为学生的。假如我能够选择的话，我便照我假想的学生那样选择一个智力寻常的孩子。我们要培养的，只是一般的平常人，只有他们所受的教育才能作为跟他们相同的人的教育的范例。

地方对人们的教养并不是没有关系的，人们只有在温带才能达到十分健全的境地。在两极地区显然是不利的。一个人并不像一棵树木那样栽在什么地方就永久留在那个地方。从地球的这端走到另一端的人，就不能不比从中部出发到达同一个尽头的人多走一倍的路。

一个温带地方的居民接连走过地球的两极，他所占的便宜更可以看得出来，因为，虽然他所受的变化同那个从地球的一端走到另一端的人是一样的，但他的自然的体质起变化的地方是不到一半的。一个法国人可以生活在新几内亚和拉普兰，但一个黑人却不能同样地生活在托尔尼欧，一个萨摩耶人也不能生活在贝宁。此外，头脑的组织似乎在两极地方也是不够达到完善的。无论黑人或拉普兰人都没有欧洲人那样聪慧。因此，如果我希望我这个学生是居住在地球上的人的话，则我将从温带的地方挑选这个学生，例如说，在法国，就比在其他地方挑选的好。

在北方，人们在不毛的土地上消耗的东西多。在南方，他们在富饶的土地上消耗的东西少。因此又产生了另外一种差别，使北方的人十分勤劳，南方的人耽于沉思。在同一个地方，我们看到社会上穷人和富人之间也有类似这样的差别。穷人住的地方很贫瘠，富人住的地方很肥美。

穷人是不需要受什么教育的，他的环境的教育是强迫的，他不可能受其他的教育；反之，富人从他的环境中所受的教育对他是最不适合的，对他本人和对社会都是不相宜的。自然的教育可以使一个人适合所有一切人的环境，所以，与其教育穷人发财致富，不如教育富人变成贫穷；因为，按这两种情况的数字来说，破产的比暴发的多。所以，我们要选择一个富有的人。我们深信，这样做至少是可以多培养一个人的，至于穷人，他是自己能够成长为人的。

由于以上的原因，所以我不认为爱弥儿生长名门有什么不好。这毕竟是抢救了一个为偏见所牺牲的人。

爱弥儿是一个孤儿。他有没有父母，这倒没有什么关系。我承担了他们的责任，我也继承了他们的全部权利。他应该尊敬他的父母，然而他应该服从的只是我。这是我的第一个条件，或者说得确切一点，我唯一的条件。

我对上述条件还要附加一点，其实这一点也只是以上条件的继续而已。那就是，除了我们两人同意以外，谁也不能把我们分开。这一条是极关紧要的，我甚至希望学生和老师也这样把他们自己看作是不可分离的，把他们一生的命运始终作为他们之间共同的目标。一旦他们觉察到他们以后是要离开的，一旦他们看出他们有彼此成为路人的时刻，他们就已经成为路人了。各人搞各人的一套，两个人都一心想到他们将来不在一块儿的时候，因此，只是勉勉强强地相处在一起。学生把老师只看作他在儿童时候遇到的灾难，而老师则把学生看作一个沉重的负担，巴不得把它卸掉。他们都同样盼望彼此摆脱的时刻早日到来，由于他们之间从来没有真心诚意的依依不舍的情谊，所以，一个是心不在焉，一个是不服管教。

但是，当他们像从前在一起生活那样，彼此尊重，他们就会互相爱护，从而变得十分亲热。学生不会因为在儿童时曾跟着的而到成年时又结为朋友的人学习而觉得羞愧，老师也乐于尽心竭力，等待收获果实，他赋予他学生的种种德行，就是他准备他老年时候享用其利益的基金。

这个预先做好的约定，假设了分娩是很顺利的，而且孩子也长得很好，又活泼又健康。一个做父亲的，在上帝赐予他的家庭中不能做任何选择，也不应该有偏心，所有他的孩子，都同样是他的孩子。他对他们都要一样地关心，一样地爱护。不管他们是不是残废的，不管他们的身体是弱还是强，他们之中每一个人都是一个寄存品，他应当考虑他手里的这个寄存品。婚姻不仅是夫妇之间的一项契约，也是同大自然订立的一项契约。

不论是谁，只要承担了不是大自然硬要他非承担不可的任务时，就应当先弄清楚完成这个任务的方法，否则对他将来办不到的事情也要承担责任。凡是照料体弱多病的学生的人，就把他所担负的老师的职责转变成护士的职责了。他把他应当用来增加生命的价值的时间都浪费于照料这样一个没有作用的生命；他将看到一个哭哭啼啼的母亲有一天会因为她儿子的死而责备他，其实他已经替她把那个儿子的生命保全了很长的时间。

一个身体多病的孩子，即使他能够活八十岁，我也是不愿意照管他的。我不愿意要一个对自己和对他人都一无用处的学生，因为他成天担心的，只是怎样保全自身，他的身体损害了他的精神的陶冶。我在他身上那样白白地大费心思，岂不是使社会受到加倍的损失，为了一个人而夺去它两个人吗？要是另外一个人来替我教这个病弱的孩子，我是同意的，而且对他的仁慈表示赞扬，可是我自己却没有这样的才能：我简直不知道如何教这个只想免于死亡的人怎样生活。

身体必须要有精力，才能听从精神的支配。一个好的仆人应当是身强力壮的。我知道放纵能刺激欲望，它久而久之也会摧残身体的，至于断食和少食，也往往由于相反的原因而产生同样的效果。身体愈弱，它的要求愈强烈；身体愈壮，它愈能听从精神的支配。所有一切感官的欲望都寓于娇弱的身体之中，它不仅不能满足那些欲望，却反而愈加刺激那些欲望。

虚弱的身体使精神也跟着衰弱。医药这一门学问对人类的毒害比它自认为能够医治的一切疾病还有害得多。就我来说，我不知道医生给我们治好了什么样的疾病，但是我知道他们给我们带来的病症实在是足以害死人的，例如懦弱、胆怯、轻信和对死亡的恐惧；所以，虽说他们能治好身体，然而他们却消灭了勇气。即使他们能叫死尸走路，对我们又有什么关系呢？我们需要的是人，但是我们就没有看见从他们手中救出过什么人来。医学在我们这里很时髦，它应当是这样的。它是那些闲着没有事干的人的一种娱乐，这些人不知道怎样使用他们的时间，所以就把它消磨于怎样保全自己的生命。如果他们偏偏生成一个不死的人的话，他们也许就是人类当中最不幸的人了：永远不怕丢失的生命，对他们是一点儿价值都没有的。对于这些人，就需要医生去威胁他们，使他们感到得意，每天使他们感到自己唯一能够感到的快乐，即自己还没有死去的那种快乐。

我在这里不打算多谈医学的无用。我的目的只是从道德方面来考虑医学问题，然而我不能不说明的是，人们在医学的应用上，也在搞他们在真理的追求上所搞的那种诡辩。他们老是说，治疗病人就可以医好病人，寻求真理就可以找到真理。他们不知道，结算一下医生救活一条性命的账，就需要用一百个被他杀死的病人才能取得平衡，我们从发现的真理中获得了效益，然而同时发生的谬见也造成了错误，结果也是两相抵消。开导人的知识和医治人的医学，当然是非常之好的；但是，那种误人的知识和杀人的医学，就是很坏的了。要告诉我们怎样区别它们。问题的症结就在这里。如果我们懂得忽视真理，我们就永远不会受谎言的欺骗，如果我们不一反常态地去求助于医药，我们就绝不会死于医生之手。这两种节制的做法都是很明智的，这种做法行事，显然能获得很大的好处。因此，我不争论医学对一些人是不是有用处，但是我要说它对人类是非常有害的。

有些人也许又会那样喋喋不休地向我说，错是错在医生方面，医学本身是不会错的。妙极了，那我们就要医学而不要医生好了；因为，只要医生和医学是连在一起的，则医生的错误之令人恐惧担忧，比医术的帮助之令人怀抱希望，其程度要大一百倍。

这门虚假的艺术，是用来治心病而不是治身病的，但是，它对心病的功用，也并不比它对身病的功用大；它替我们医治的疾病，还不如它使我们感到的疾病的可怕的印象多。它没有推迟死亡，反而使我们预先感到死亡；它在消耗生命，而不是在延长生命，而且，即使它能延长生命，但对人类来说也是有害的，因为它硬要我们只关心我们自己而不关心社会，使我们感到恐怖而忘却责任。我们所以怕危险，是由于我们知道有危险，至于相信自己不会受任何伤害的人，他是无所恐惧的。诗人使阿喀硫斯具备了抵抗危险的武装，但这样一来，也就显不出他骁勇的特色，因为，任何人处在他的地位，都可以用同样的代价成为一个阿喀琉斯的。

如果你们想找到真正勇敢的人，就请到没有医生的地方去好了，在那里，人们是不知道疾病会带来什么后果的，是很少想到死亡的。人天生是能够不屈不挠地忍受痛苦、无牵无挂地死去的。正是医生所处的药方、哲学家讲述的教条和僧侣宣扬的劝世文，使人自甘堕落，忘记了应该怎样死去。

你们要我教一个学生，就不能再要以上这三种人来教他，否则我是要拒绝的。我绝不愿意其他的人来搞坏我的事业。我希望单独教他，要不然，我宁可不插手这件事情。哲人洛克在一生中用了一部分时间研究医学以后，极力劝告大家说，无论是为了预防还是因为一点儿小病，都不要给孩子吃药。我还要提出进一步的主张，我声明，我没有替我自己请过什么医生，因此，除了爱弥儿的生命确有危险以外，我也是绝不替他请医生的，因为医生只有把他杀死，此外就没有办法对他施加更大的毒害。

我当然知道，医生是不会不利用这种延迟就医的做法而说话的。如果孩子死了，那就是因为请医生请得太迟了；如果孩子痊愈了，那就是他把他救活的。但愿如此：愿医生胜利，不过，特别是愿你们只是到了病人临终的时候才去请他。

孩子虽然不知道怎样治病，但是他应当知道他是生了病。这一种艺术可以补另一种艺术之不足，而且其成效往往还比较好些。这是自然的艺术。当动物生病的时候，它就不声不响地静静地忍受着，所以，我们看见呻吟憔悴的动物没有呻吟憔悴的人多。急躁、恐惧、焦虑，特别是药物，杀害了多少人啊，其实这些人的病是不至于把他们害死的，只要过一些时间就可以好起来的！也许有人会向我们说，动物由于它们的生活方式更适合于自然，所以不像我们这样容易感受疾病。说得好！我要我的学生采取的，正是这种生活方式；他采取这种生活方式，也可以得到同样的好处。

医学中唯一有用的部分，是卫生学；然而，卫生并不是一门科学，而是一种道德。节制和劳动是人类的两个真正的医生：劳动促进人的食欲，而节制可以防止他贪食过度。

要知道哪一种养生法对生命和健康最有用处，只需研究一下那些最健壮和寿数最长的人所采取的是什么样的养生法就够了。如果经过普遍的观察以后，我们找不到什么例子说明医药的使用给人类带来了更强健的身体和更长的寿命，甚至经过这一番观察后，发现这门艺术是没有用处的，那么，既然它是在白白地牺牲时间、人和物品，可见它是有害的。用来保持生命的时间，不仅是因为消耗了生命，必须从生命中减去，而且，这种时间是用来折磨我们的，所以它比零年零月零日还糟，它是负数；为了公平地计算起见，必须从我们余下的时间中把它刨出去。一个人活十年不请医生，对他自己和对旁人来说，他生活的时间，比之在医生手中过了三十年受难的生活的人活的时间还多。前后两种生活我都做过试验，因此，我自信我比谁都有资格从其中得出这样的结论。

小镇的振兴

［日］星新一

在一个日本古式旅店的房间里，夜静更深。海浪拍击的声音，传到耳边。屋里只有他独自一个。

他年过六十，身子斜倚在桌上，在自吁自叹。

"晌午，我散散步，顺便寻觅一下周围。我真没有那么股子勇气，来个高空跳楼。我大概有高空恐怖病，两腿直打哆嗦。嘻，你即使一咬牙一闭眼跳下去，说不定在中途还会让大树把你挂住，悬在半天空里出洋相。可是，我再也没有活下去的兴趣了……还是把这个药喝下去吧！喝下去可能要遭点罪儿。不过这是烈性毒药，多喝点儿，保证会去见上帝。当然，死在这么个窝囊地方，可能有点儿……"

他直勾勾地瞅着瓶子里的药水，忽然听见有个人搭了腔。

"还好，看起来，你还不是那么分秒必争地急于死去。"

听动静，讲话的是个五十岁左右的汉子。他隔着门，发表了意见。

"对面屋是哪一位？我感谢您对我的关怀。不过事情使我太痛心了，叫我不能不死。除去死以外，我再没有别的道路可走了。"

"一个人铁了心要寻死，你强拉他也没用。不过，你大概是钻了牛角尖，有什么难心事，同我唠唠不好吗？"

"一切都在绝命书上写得清清楚楚。您以后不妨浏览浏览，那时您会知道，您处在我这个境地也会走同我一样的道路。"

"哈，等我去拜读你的大作，那一切都完了。请你信任我！我们可以合计合计嘛！就是谈不通，那又有什么呢？"

他认为谈也是白费时间，但是你不说，此人也安生不了。于是就谈开了。

"我是一个山沟小镇的镇长，其实说镇，不如说村子更合适。"

"是个富足的地方喽！"

"刚好相反。不过风景确实不坏，空气也很新鲜。可是居民却不是神仙，这里也不是世外桃源，人口一年一年减少下去。"

"我曾经广泛招揽厂商，到这里来办工业，也曾向政治家们呼吁开发山乡，旅游业界也劝我们修筑了登山盘道。我们也在房产公司的鼓动下，登广告：发放别墅专用地号。结局怎么样呢？到头来没有一项不落个一场空。他们都嘴巴上说得天花乱坠，一到关键时刻，都溜走了。事实就是这样。"

"哎唷唷，哎唷唷。"

"最近有人献策，说这个地方适合于搞秘密武器研究所，我这回更为之神往了，我又到处奔走，可是结局还是……"

"你有了很好的经验教训，须知世上事并不都是那么如意的。"

"我是有经验教训。不过人生一世总要有点儿作为。于是，我跑到城市去活动，我向就近地方城市的有关人士呼吁，并且请他们喝酒吃饭，不少公款都花在这上面。当时我认为一旦成功了，钱立刻会收回来的。现在想起，我头脑的确太简单了。"

"不过，你不是为了个人私利，这都属于正当开支呀！"

"别人可不这样看待，人家说你也一块跟着吃喝了！我手里空攒着一大把发票。我现在才明白这些人都是骗子手。我已经给侦探社写了委托书。可是谁能同情我呢？"

对方隔着门，长叹一声："是够惨的哟！"然后又建议说，"那就自己掏腰包填补亏空呗！"

"我办不到啊，我是仰仗名门出身才当上个镇长，但不是富家翁。倒是有点儿房子，可是这个小镇子，当地人口还外流呢，谁买房子啊？说是办别墅吧，这个行当也不景气，外地人也绝不肯上你这里来买你的房子，进行改建。总之，我丢人现眼已到极点了。我这是咎由自取，自作自受，我辱没了自己祖先的声誉……"

"可是，你死了又会怎么样呢？……"

"反正，事情已经闹得满城风雨。我死了，人们会同情我，会勾销我的耻辱。"

这位邻居却安慰他说:"你还是振作起来,我助你一臂之力。往后一切都会一帆风顺的。"

"您真会给我吃宽心丸。可是我过去上当受骗的次数太多了。您说,我是要相信您,还是不该相信您?"

"我说你要相信我!我很了解,你现在已经失去敛财集资的手段。也休想再利用职权和镇长的头衔。赶紧另想别途,事情还有救。不知你考虑没考虑?"

"是呀,是呀。的确是这样。您待人这样热诚,那么我一定……"

他边说着。边去拉门。不知为什么总拉不开,心里就着了急,他想:居然有这样热心肠的人……不能错过机会,不知怎么身子一下子扑在隔扇门上,门立刻向对面倒去,他怕把对方拍在底下。可是门倏地倒下去,没碰着任何东西。一看,屋里漆黑。

"电门在什么地方?"

"行,黑就黑点吧,我在这儿呢!"

他仔细一看,只见墙角有一个模糊的人影,人在那里坐着,穿一身白,脸色发青,发型是古式的。就是不借助光线,也能看清此人的特征。

"啊!幽灵……"他吃了一惊。

"喂,你别这么大喊大叫的。咱们不交谈了半天了嘛,成了老相识喽!你还胆怯个啥?"

"都说有幽灵。我还是头一回见着……请问您为什么到这儿来了?"

"这家旅馆老板为人很坏。我一向抑强扶弱。为了惩罚他,我伺机而入。我在这个房间潜伏很久了。这间房子是空闲房间,店里的人不愿意来住,旅客也不愿意住。偶尔有人来住宿,也很快算账走人。只谈这些,已经够了。主要的要谈怎样来帮助你。"

"可是您在这里恐怕已经万人嫌,您还怎么能帮上我的忙呢?"

"最近市面上轰动,说出现了幽灵,这正是指我。不过幽灵也只是幽灵而已。前些日子电视台的人来交涉,要求录像,叫老板拒绝了,他说这是别人对他的旅馆造谣破坏。看来他一点儿也不懂得我的利用价值。也可能他认为借重我招揽生意的时机还不到。"

"您不会给他来个突然显魂？……"他说。不过他也在想，这样会不会引起更大的恐怖？可是对方又说了，"你名门出身嘛，总会有些老箱底儿，家里收藏些祖传的古物，即使没有，也不妨编造点儿什么，比如说第十几代的老祖先乘着辇，在天空出现，又如你能同百里之外的人直接对话，……总之宣传一些离奇古怪的东西。又如宣称这家名门的年轻当家人，忽然因此而被官方宣布为妖言惑众的不逞之徒，判了刑，等等。……总之，灵魂这个东西早已宁息了多少年代了，可是时至今日这种世道，他们又显魂了，夸耀自己的先见之明……"

"你这只是显魂的开始，就已经成为人们的话题了。我不妨试试看，反正我是要死的人了。"

"应该持这种态度嘛！我嘛，也值得陪你干上一场。"

死活全看这一招了。于是，镇长回到家里，立刻着手作"演出"准备，编造出一些煞有介事的掌故、传说和家谱之类的东西。幽灵也跟他一同来到这里。天一黑，常常有人影影绰绰地看见他的踪迹，于是传言四起。

首先，形成了地方报纸上的新闻，然后热衷于猎奇的电视台采访组，人马也杀到了。幽灵给他们小小地显了一次魂。

镇长也在电视中讲述了幽灵的来历，并且作解释说："看见幽灵，不会因而招来任何灾变，同时幽灵对目击者不会有任何危害行为，这点请大家放心。"

几个电视台都争先放映。人们从荧光屏上看见了幽灵，但只是模模糊糊的影子，并不满足，都要求到现场亲眼看上一眼。于是人流涌向了小镇，每天晚九点在村头镇长家祖坟附近一个小树林里准时出现，而且幽灵很乖，他从来不给大家来一次清晰的显像，这反而更加深了神秘之感。

来访的人次激增，是从这天开始的，这天有人哄嚷，想考学校的人，谁看见幽灵谁就能考试合格；因为见过幽灵之后，头脑都会从此好起来。于是不分春夏秋冬，人们从遥远的城市多付，四面八方涌向小镇。

又有一个新发现，说幽灵会给观众中的新婚夫妇带来幸福。于是到这里来做新婚旅行的人，也应接不暇了。因此长久废弃不用的登山盘道利用率也大大提高起来。

镇上的居民把树叶子用纸包起来，盖上灵符似的朱印，推销给游客，说谁买去，会得到种种好处。总之交通发达，买卖兴隆，这个小镇越来越兴旺了。如果说世界上有事事都按计划的模范城镇，这里就是样板。于是小镇的名声，传扬全国。

一年后的某晚，镇长刚要睡下，幽灵驾到了。

"怎么样？小镇的繁荣景象。"

"正如您所目睹的那样，敝镇一举而成为全国注视的目标。旅店业挣钱，土特产商店盈利，现在正在制订"公共交通和宾馆建设计划"。有的寺院还想到这里修筑'下院'。总之，是皆大欢喜。"

"你侵占的公款怎么处理的？"

"已经清还完毕。近来流传着这样的说法，谁要见过您的法相，就一定在下一届的竞选中当选。于是政治家们也纷纷光临，临走往往慷慨地给敝镇扔下一笔巨款，这样除了还上债之外，还有剩余。总之，一切都很顺利。"

"是吗？好极了！那么我给你帮忙，很见成效喽！搞到这么气派，总算可以了吧？……"

"您，您说什么？……"

"我就要告辞了。我在这里待腻了！"

"这可不行，镇子好容易才兴旺起来，您有什么要求，都能一切使您如意，待遇可以大加改善，一定叫您高兴。"

"什么提高待遇，提供良好居住条件，……这对我都毫无意义。"

"我请求您，千万不要离开这里。你一离开，我的处境可就……"

"我认为我总算做到仁至义尽了。那么，再见！"

一年后，镇上的繁华，依然如旧。镇长的职位由他儿子继任。他本人到别处去当教员，不久就被上帝召见了。

镇上的人这样谈论："前任老镇长真是好样的！"

"他真有本事，使咱们这个穷山沟小地方，在全国有了名。"

"应该塑个铜像，表彰他的功绩。"

"用不着，留个美名就很不坏了。那个幽灵，我们一开始对他的印象不佳，今天对他抱好感，这就很好了。"

　　"嗯，是啊，可也是……其实，你和我在某些地方，同故去的老镇长不也很相似吗？……"